原本陰沉的我要向青春復仇
3
和那個天使般的女孩一起Re life
慶野由志
插畫
たん旦
U0074923
Kadokawa Fantastic Novels
AQU

比賽中的紫条院同學
才剛震動一下就立刻轉頭看向我。
緊接著——大大的眼睛朝向我的瞬間，
紫条院同學原本緊繃的嚴肅表情，
就突然轉變成花朵綻放般的開心笑容。

「對身體是由砂糖構成的女孩子來說，
沒有比這個更有效的特效藥了！」
「的……的確一吃到甜食
就會無條件打起精神……！」
Fudehashi Mai
筆橋　舞
興趣是運動身體的田徑社女社員。
有點喜歡妄想。

Kazamihara Mitsuki
風見原　美月
看起來冷酷其實我行我素的同班同學。
溫柔地守護著仍未發覺自己心意的
春華。
Shijoin Haruka
紫条院　春華
天真爛漫且喜歡閱讀輕小說的
美少女。
最近有時候會因為
跟新濱傳訊息而不小心熬夜。

「呀……！」
「——」

腦袋無情地恢復正常，
對我宣告一切都是現實。
我心儀的少女——紫条院春華在露出
肌膚的狀態下，站在我家的洗臉台前面。

第三集也
啊～

原本陰沉的我要向青春復仇

3

和那個天使般的女孩一起 Re life

慶野由志
插畫 たん旦

Kadokawa Fantastic Novels

CONTENTS

序幕 ▶ 傳簡訊給那個女孩　011

第一章 ▶ 球技大會的記憶與運動白痴的奮鬥　026

第二章 ▶ 拚盡全力而香汗淋漓的天使　058

第三章 ▶ 現在這個時候只需要熱血　071

幕間 ▶ 暑假開始　096

第四章 ▶ 這次絕對不背叛妹妹的笑容　106

第五章 ▶ 紫条院春華的嫉妒　126

第六章 ▶ 春華與香奈子　153

第七章 ▶ 春華受到新濱家的歡迎　178

第八章 ▶ 可以住下來嗎？　194

第九章 ▶ 深夜的茶會與完事後的早晨　230

終幕1 ▶ 在夏日的早晨面臨暫時的離別　256

終幕2 ▶ 同一時刻，回想過去的那一夜　269

後記　280

序幕

傳簡訊給那個女孩

「嗚……嗚嗚嗚嗚嗚嗚嗚嗚嗚嗚……」

我——新濱心一郎躺在自己房間的床上，凝視著手機感到苦悶不已。

因為神祕的穿越時空讓我的意識從社畜回到高中二年級，變成擁有十多歲肉體與成人精神的特異存在——但即使具備這種第二次人生的經驗值，眼前的問題還是太過於困難了。

「咕啊啊啊啊……！怎麼辦……該怎麼辦才好？」

即使在沒有旁人的房間裡呻吟並在床鋪上亂滾，還是完全無法想出解決的方法。

我現在之所以會如此煩惱，全是因為想著一名少女。

紫条院春華——我在這個世界上最喜歡的女孩子。

有著雪白肌膚與又大又亮的眼睛，以及一頭烏亮長黑髮的美少女。

而且除了擁有清純的美貌之外，胸部的發育也極為良好，學校內不論哪個男生只要看見她在眼前，內心一定是悸動不已吧。

身為名門望族的大小姐，父親又是大公司社長這種占盡眾多優勢的她，個性卻是非常純潔且天真爛漫——可以說擁有宛如透明清流般的美麗心靈。

「不過我今天終於在學校跟紫条院同學交換信箱了……嗯，這件事情本身是最棒而且Great的事情，可以算是大功一件。」

校慶、一起準備段考、邀請我前往紫条院家——經過各種過程我才終於得以交換到信箱。紫条院同學也笑著回應「讓我們盡量多傳一些簡訊來聊天吧，新濱同學！」，那時候的心情就像上天堂一樣……

「傳給女孩子的第一封簡訊到底該寫些什麼……？」

這正是讓我頭痛了一個小時以上的大問題。

我是個笨蛋。雖然問到了紫条院同學的信箱，卻沒考慮到之後當然會出現的難題。

就跟只因為通過公司面試就得意忘形，沒有想像到進入公司後有多麼辛苦的新進員工一樣。

（上輩子也沒有傳私人簡訊給女孩子的經驗啊……我在戀愛方面真的一點都沒有原本是大人的優勢……）

而且現在的「我」雖然保持著大人的記憶與經驗，感性卻依然是十六歲。光是想到接下來要跟紫条院同學互傳訊息就開始心跳加速，腦袋也浮現出她的容貌。

就是這種思春全盛期模式，反而讓我更加煩惱簡訊的內文。

「好……這時候要放空。不要想太多直接試試看吧。」

沒錯，不用裝模作樣，用最自然的簡訊就可以了——

「紫条院小姐您好，我是新濱心一郎。平素承蒙您的關照。謝謝您前幾天與我交換信箱以及電話號碼。這次敝人完成了最初的簡訊，想藉此跟您打聲招呼。感謝您在百忙之中抽空閱讀我的簡訊。」

「呃，這是商用簡訊啊啊啊啊啊啊！」

刪除一點親切感都沒有的內文後，我直接把手機扔到枕頭上。

可惡啊……！在放空的情況下做事，社畜的詛咒馬上就會出現！

怎麼辦？要跟香奈子商量嗎？但是……選擇便服之類的也就算了，簡訊的內容還是自己想比較好吧……

不過應該要傳送什麼樣的內容比較好？簡潔俐落的？又臭又長的？輕鬆一點的比較好吧，還是應該嚴肅以對呢……

感覺這也不是、那也不好的我只能苦悶地在床上打滾。

雖然有幾個候補的內容，但都很難說是最佳選擇。

「不過要是拖了太久才傳的話好像也不是很好……還是從剛才想的候補裡面選些句子湊成一篇先傳出去吧。」

「晚安。我是新濱，先傳封簡訊打聲招呼。不知道是不是確實傳出去了？如果覺得太突然先跟妳說聲抱歉。」

猶豫了好幾次這樣真的可以嗎後，帶著緊張不已的心情按下傳送鍵。

然後——茫然凝視著手機等待時間慢慢地過去。

五分、十分、十五分……

只是如此短暫的時間，卻感覺極度漫長。

（等等……我為什麼一直凝視著手機等待回訊呢……？又不是緊迫盯人型女友……）

才經過不到三十分鐘，還沒收到回訊也是理所當然的事。

理性明明這麼告訴自己，內心卻完全無法冷靜下來。

越是等待，不安的心情就越是填滿胸口。

沒有回訊是因為自己的訊息讓紫条院同學感到不愉快？內容果然太過一板一眼了？不對，應該是太輕浮了吧？傳送訊息的時間帶太晚了？太普通了一點水準都沒有？像這種關於簡訊的處男思考在腦袋裡亂成一團，讓我內心的不安變得更加強烈……這時手機的訊息鈴聲響起。

「來……來了……！」

自己也慌張到有點可笑地操作手機來檢查新的簡訊。

結果——該處確實收到寄件者為紫条院同學的簡訊。

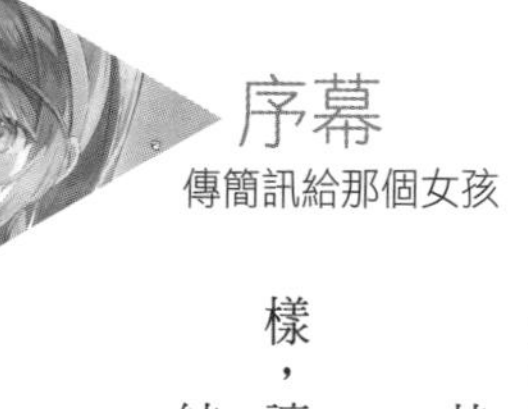

「謝謝你的訊息！我確實收到了喔！在家裡看著新濱同學的簡訊，突然有種很不可思議的感覺！」

「……哈哈……」

明明只是短短的幾行字，我的臉上忍不住就浮現出笑容。

文字真是太不可思議了。

網路留言板以及未來普及的ＳＮＳ也是一樣，某個人寫給自己的訊息總是會讓人感到開心。

尤其訊息是來自世界上最喜歡的女孩子就更不用說了。

（雖然很想立刻回訊……但以前看過的雜誌曾寫著「男女間的訊息立刻回訊的話會被認為是很黏的傢伙所以ＮＧ！」……還是隔一段時間吧。）

其實不是很清楚要等多久，於是暫且等了十五分鐘左右才又試著回訊。

「我在家裡看著紫条院同學的簡訊也有不可思議的感覺。文字的話又跟平常說話時不一樣，讓人有點緊張耶。」

結果——一分多鐘後訊息就回傳過來了。

「太好了……收到回訊我鬆了一大口氣。」

「咦……？」

「一直無法決定簡訊的內容，重寫和修改了好幾次才傳送出去……很擔心是不是內容太奇怪了你才沒有回訊。不過現在收到回訊真的很開心（^-^）真的跟平常說話時不同，傳簡訊覺得好緊張（>_<）」

「…………」

看見這樣的內容，我就開始想像。

紫条院同學跟我一樣在自宅望著手機，一直發出沉吟聲煩惱著該寫些什麼內容的模樣。

（還以為天真爛漫的紫条院同學傳送簡訊一定不會感到緊張……結果她也跟我一樣呢。）

一想到她也跟我一樣感到緊張與困難，就有種跟手機另一頭的她變得更加親近了的感覺。

而要靠簡訊把這樣的心情完整地傳達出去也非常困難。

「其實我也重寫了好幾次訊息。所以接到紫条院同學的回訊時真的鬆了一大口氣……而且感到很高興。對了，問一件不相關的事情，紫条院同學喜歡顏文字嗎（・ω・）？」

回信的速度比剛才還快。

「原來是這樣啊！原本還以為只有我會重寫這麼多次，看到你也一樣我就放心了！（>_<）是的，因為筆橋同學經常使用顏文字，所以我也試著用了一下……你那個顏文字好可愛喔！可以給我用嗎？」

緊張感漸漸消失，我們傳簡訊的速度越來越快。

紫条院同學
主旨：晚安
我是新濱，先傳封簡訊
打聲招呼。不知道是不
是確實傳出去了？如果
覺得太突然先跟妳說聲
抱歉。
Re: 晚
謝謝你的訊
確實收到了喔
家裡看著新濱同
的簡訊，突然有種
很不可思議的感覺！
アプリ

「我也很有同感，這樣我就放心了。顏文字不是我的東西，妳盡量用吧。不過顏文字是受到筆橋同學的影響嗎？完全無法想像女孩子會傳簡訊聊些什麼呢。」

「謝謝！是啊。說到平常跟風見原同學以及筆橋同學的簡訊都聊些什麼樣的內容——」

每當宣告少女回訊的鈴聲響起，心跳就會加速。

雖然還是會煩惱該寫些什麼樣的內容，但習慣之後甚至連這樣的煩惱本身都讓人感到開心。

（現在能夠理解未來聊天軟體為什麼會那麼受歡迎了……像這樣對收到回訊感到開心，傳送訊息的速度越來越快的話，就會覺得簡訊有點太慢了。）

就這樣——即使夜色已深，我們還是沉迷在剛嘗到的交換信箱的樂趣當中，不斷地書寫著電子簡訊。

（紫条院同學立刻就回覆我的簡訊實在是太幸福了……啊啊，活著真是太好了……！沒有啦，其實已經死過一次了！）

不知何時才會停止的互傳簡訊持續著，每當接到心儀的人回訊時，我都會心跳加速並且沉浸於幸福感當中。

因此——這個時候的我根本不知道，當我們兩個人交換清純的簡訊時，有一個父親像是流著血淚一般咬緊牙關，燃燒著來自愛女心切的怨念這樣的事實。

*

我——千秋樂書店社長紫条院時宗正置身於自宅的高級椅子上。

今天早早回家，正在自宅的客廳放鬆的時候……女兒春華坐在沙發上玩手機的模樣突然映入我的眼簾。

（呵呵，我的女兒真的是世界上最可愛的女孩。）

妻子秋子也是無庸置疑的美人，即使到了女兒已經是高中生的年紀依然能讓人深深為之著迷，不過春華也遺傳了妻子美麗的容貌，甚至足以成為讓身為父親的我感到煩惱的因素。

（最近開心的表情變多了呢。這是件好事……）

以前曾沮喪地說過「就讀高中後完全沒交到朋友，信箱都沒有增加……」，最近女生朋友似乎變多了，經常可以看到她在傳送簡訊。

對疼愛女兒的父親來說，當然對這樣的情形感到高興。

春華最喜歡開心地跟其他人聊天，卻經常處於因為家世與美貌而讓同性敬而遠之的兩難處境之中。但這樣的情況現在終於往好的方向發展了。

唔嗯，女孩子果然還是跟同性的朋友一起吵吵鬧鬧地聊天最棒了。

絕不能讓男人這種生物靠近。

當想著這些事情的我帶著愉快心情喝著咖啡時——

「新濱同學……真是的……」

「啵噗哦！」

這樣的呢喃聲傳進耳裡，害我把嘴裡的咖啡噴了出來。

回想起來的是前幾天來我們家玩的那名少年的身影。即使面對我這個紫条院時宗還敢光明正大地說喜歡我的女兒，是個膽量不像高中生的傢伙——

但……但是為什麼會出現那個小鬼的名字？而且還帶著那樣滿臉的笑容……！

「？怎麼了嗎，爸爸？」

「沒……沒有啦……只是稍微嗆到而已。」

雖然以社長技能露出撲克臉來裝出平靜的模樣，但內心完全是波濤洶湧狀態。

「春……春華啊……妳剛才傳簡訊的對象不會是新濱小弟吧？」

或許只是我判斷錯誤，只不過是在跟女孩子閒聊的過程中出現新濱少年的話題，於是我嘗試著試探這種可能性——

「是的！雖然才剛交換信箱，不過從傍晚就互相傳了好幾次簡訊了！」

竟然笑著肯定了可惡！

那個臭小鬼……！什麼時候跟春華交換了信箱？竟然幹出如此不知廉恥的行為……！

（這就表示……春華不只在學校，連回家也在我面前跟他聊天嗎！可惡，文明的利器真是可恨……！）

不過……他們的簡訊到底是什麼樣的內容？

他對於春華有特別的感情這件事，之前到我們家來作客的時候就大剌剌地主動說出來了。

如此一來……那些簡訊的內容果然是……

「紫条院同學，我已經無法滿足於朋友關係了。因此下次要不要去約會呢？只有我們兩個人自己去海邊約會如何。和我一起創造夏天的回憶吧☆」

「下次放假，我家裡沒人在，妳到我家來玩吧。應該可以吧？別擔心，我不會亂來！啊，不過可能會玩比較晚，記得跟家裡的人說要住在女生朋友家喔♪」

那個畜生啊啊啊啊啊啊啊啊啊啊啊啊啊啊啊啊！

殺了他……！拖到城裡遊街後再處以斬首示眾之刑！

終於忍不住對妄想中的新濱少年所發的訊息感到憤慨不已——

（……等……等等……冷靜下來……再怎麼說這樣的妄想都太誇張了。）

腦袋裡好不容易才保持冷靜的部分，很清楚那個少年的個性其實不像那種吊兒郎當的大學生。

但是很多時候男人是不講理性的。

一板一眼且溫和的男人突然變身成大野狼是常見的事，何況是面對春華這種根本像是天使的少女，就算完全失去理性也一點都不奇怪。

就算沒有發展到那種地步，應該也加緊油門了。

（因為我自己就是這樣……為了把秋子帶到紫条院本家的宅邸外面去約會而偷偷打電話，或者模仿古裝劇把信投進院子裡等等……當時真是年輕氣盛。）

當我的腦袋忙碌地想著這些事情時，春華手機收到簡訊的鈴聲響起。

看來是新濱小弟回訊了。

「呵呵……（顏文字）好可愛……」

什麼是「好可愛」？還有那個咧嘴燦笑是怎麼回事？那個小鬼到底傳了什麼樣的訊息？

「啊……那個……春華……」

「嗯？怎麼了嗎，爸爸？」

春華以愣住的表情看向這邊。

「沒有啦，那個……」

雖然終於忍不住出聲向她搭話，但是我只能含糊其詞。

老實說很想檢閱他到底傳了什麼樣的簡訊。

如果寫了些什麼不知羞恥的內容，立刻就想拿春華的手機打電話過去，說聲「以為是春華嗎？是我啦小鬼！」，把寒冷的冰錐刺進得意忘形的新濱少年肝臟裡。

只不過……我也很清楚這種行為是ＮＧ中的ＮＧ。

最近的春華本來就變得會在維持天然呆的個性下確實說出自己的意見，而且該生氣的時候就會生氣。

要是我說想要確認簡訊，說不定她會有好一陣子都不跟我說話。

結果就是我無法干涉任何事情……只能咬緊牙關承受著懊悔的心情。

「嗯，沒什麼……多了一些能傳送簡訊的朋友真是太好了……」

「是啊！最近的我真的很幸福！」

雖然是自己的女兒，但那媲美天使的笑容實在太耀眼了。

為什麼這個女孩子會這麼可愛呢？神明會不會太寵愛她了？

「這樣啊。那真是太好了……不過，記得不要太晚睡，要適可而止喔。」

「啊，時間確實很晚了。那接下來就一邊進行就寢的準備一邊在自己房間傳訊息吧！」

這麼說完後，春華就離開客廳回到自己房間去了。

留下來的，就只有因為女兒身邊出現明確的男人身影而沮喪不已的我。

……不對，還有另一個人。

「『緊接著……知道要是說出「給我看一下簡訊」絕對會嘗到「爸爸真低級！」攻擊的爸爸最後什麼都沒辦法說，即使知道女兒回房後還會繼續傳打情罵俏的簡訊，也只能咬緊牙關目送她離開……』」

「秋子，別加些莫名其妙的旁白！」

「呵呵，抱歉。老公看起來很寂寞的背影實在太可愛了，忍不住就♪」

妻子不知道什麼時候來到客廳，甚至還模仿我的聲音來進行實況轉播的她這時笑得特別燦爛。

可惡啊，這個傢伙！

跟之前新濱少年到家裡來玩時一樣享受著我慌張的模樣！

「啊哈哈，不過忍耐下來什麼都沒說是很Nice的選擇喔，老公。嗯，因為春華特別天真所以我也能理解你過度保護的心理，但那孩子也在成長了，讓我們在旁邊守護她吧。」

到現在容貌都像二十多歲般年輕的妻子，在我身邊以愉快的模樣這麼表示。

「唔……我也覺得最近春華的一切全都朝著正面的方向發展……」

「對吧？這是我的第六感……我認為一定是新濱小弟幫忙讓那個孩子的未來朝好的方向發展。紫条院家不知道為什麼金錢運與姻緣運特別好，似乎是即使有苦難來襲也會出現貴人來拯救的家族。」

「嗯，我入贅時好像也聽說過這件事……」

紫条院家在漫長的歷史裡曾經陷入過各式各樣的困境，但有時候是苦難的原因突然消失，有時候則是有解決一切問題的救世主出現，每次都會有巧合到極點的幸運降臨，結果都因此而脫離危機。

因此我跟秋子結婚入贅紫条院家，幫忙衰敗的紫条院集團關聯企業重振雄風時，親戚們就對我表現出「真的有救世主出現……」「沒想到那個傳說竟然實現了」的奇怪反應。

「而且長房直系的後代似乎都會遇見只能說是天作之合的優良對象並與之共結連理！像我也是這樣。對於春華來說，那個新濱小弟說不定就是命中註定的對象，老實說我很期待！」

即使到了這個年紀，聽見露出笑容的妻子暗示著「你就是我命中註定的對象」還是感到很高興……但不要現在就讓我想像女兒的結婚對象好嗎！

「不要啊啊啊啊啊！春華要是帶男人來說『我要跟這個人結婚！』我一定會死！不是爆血管氣憤而死，就是眼淚流太多而死於脫水症狀……！」

「哎呀，死這麼多次真是辛苦你了。不過你別看春華那樣，我認為她認真起來就會勇往直前，說不定高中一畢業就步入禮堂……啊啊，最近的年輕人甚至可能奉子成婚喔。」

「別說了啊啊啊啊啊啊啊！不要繼續把我的心刺成蜂窩了啊啊啊啊！」

面對帶著笑容很開心般這麼說道的秋子，幾乎快流下眼淚的我如此大叫著。

第一章 球技大會的記憶與運動白痴的奮鬥

在公園裡的天空高高飛起的壘球，受到重力的牽引而落下。

想著「這次、這次絕對要接住」的我跑著。

全力衝向預測的落下地點。跑啊、跑啊——配合壘球的落下把戴著手套的左手伸向該處。

但是——

「啊……！」

壘球從伸出去的手中逃走，掉到地上後反彈著。

簡直就像在嘲笑拚命跑動的我一樣。

「可惡，還是一樣嗎……！這樣的話正式比賽……」

望著這殘酷的結果，我發出了帶著悔恨的聲音。

可惡……太可惡了！

為什麼努力對運動這種東西如此沒有效果呢……！

「可惡……！我最討厭球技大會了……！」

穿著運動服的我充滿憤怒與悲哀的聲音，響徹在假日的公園當中。

說起來，我為什麼會淪為在放假的時候跑到這種地方練習壘球的下場——

原因是因為三天前突然在我腦海裡復甦的那個恐怖的記憶。

*

那一天的午休，我跟紫条院同學在教室內閒聊著。

「對了，風見原同學很嚴肅地對著我問『紫条院同學喜歡竹筍巧克力對吧？香菇巧克力就只是邪惡的派閥對吧？』。然後周圍聽見她這麼問的同班同學不知道為什麼都露出坐立不安的模樣……」

「啊……嗯，我能理解那些躁動的人的心情。那麼，紫条院同學是怎麼回答的呢？」

順帶一提，竹筍巧克力與香菇巧克力是多年來大眾不斷進行激烈辯論哪一種比較好吃的長期暢銷零食。

不論是現實社會還是網路上都不斷發生像「香菇比較方便吃，竹筍容易弄髒手」「竹筍有香菇沒有的餅乾部分，而且那邊特別好吃」這樣的戰爭，所以大家當然會在意校園第一美少女究竟是屬於哪一個陣營吧。

「是的，關於這件事……我回答『巧克力的話我喜歡熊貓餅乾！』後，大家不知道為什麼都露出溫柔的表情，風見原同學甚至還低頭對我說『抱歉試圖把妳捲進無聊的戰爭裡面……請繼續保持如此純真的紫条院同學吧』……」

「？？？」

「嗯……我也跟風見原同學有同樣的心情。希望紫条院同學不要忘了如此純粹的心情。」

面對不由得露出溫暖表情的我，紫条院同學臉上浮現感到不可思議的模樣。

啊啊，我喜歡的人今天也好可愛。

「話說回來……第一學期差不多要結束了。」

「嗯，時間過得真快。」

沒錯，我從這輩子開始第二次的青春生活之後，時間真的一下子就過去了。

而我跟紫条院同學就在如此短的時間裡變得親近許多，而自從前陣子拜訪過紫条院家與交換信箱後，感覺我們之間的距離變得更近了。

「下週的球技大會結束後不久，馬上就要放暑假了吧。」

球技大會是班級對抗的活動，我們學校分成軟式排球、壘球、籃球以及桌球四種項目，由各學年進行循環賽，最後由勝場數最多的班級獲得優勝。

跟運動會比起來，全班同學一起參賽的要素更加強烈，由於我們班上有許多運動社團的社員，所以應該能獲得一定水準以上的成績才對。

「嗯，真的很期待！大家一起努力朝優勝這個目標前進的感覺真的很棒！」

校慶的時候也是一樣，紫条院同學似乎很喜歡這種大家團結一致的活動，只見她以略為興奮的表情這麼說道。

「我記得新濱同學是參加壘球對吧！小心不要受傷，讓我們一起加油吧！」

「嗯，說得也是。總之在不要扯後腿的情況下努——……！」

這個時候，突然有光景閃過我的腦海。

朝我落下的壘球。

專心一志伸出去的手套。

殘忍地在球場上反彈的壘球。

原本熱情加油著的同班同學變得一片寂靜的模樣——

「啊……啊啊啊啊啊啊啊啊啊啊啊！」

想起來了……！不對，應該說現在注意到了……

（不會錯……！接下來要開始的球技大會就是那個時候……！）

「咦？咦？怎……怎麼了嗎，新濱同學？」

「啊……嗯，抱歉沒什麼啦，稍微想起一些事情……」

雖然先對瞪大眼睛的紫条院同學把事情帶過去，但我腦袋裡已經充滿當時的記憶。

因為我的緣故而錯失優勝，對興奮的班上同學澆了一盆冷水的那個時候——

「那個……紫条院同學。」

「什麼事？」

「紫条院同學參加的軟式排球，應該中午過後就結束了吧？如此一來……妳應該會來看當天最後一場比賽的壘球賽吧……」

「嗯，那是當然嘍！我會去幫新濱同學加油！」

「這……這樣啊……嗯，謝謝妳……」

那張毫無心機的純真笑臉，讓我以極為苦澀的表情做出回答。

平常只會讓我感到幸福不已的笑容，現在卻使得我的苦惱無限放大。

這樣下去的話——我將會醜態畢露。

而且是在我心儀的女孩子面前。

＊

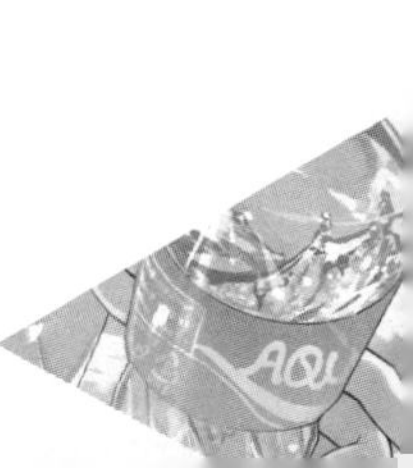

我坐在公園的草地上劇烈喘息，抬頭看著萬里無雲的天空。

「可惡……果然不是一朝一夕就能變厲害嗎……」

原本不想做這種練習的。

球技大賽跟上輩子一樣，對我來說並非特別重要的活動，只要在自己能辦得到的範圍為班上盡一份力即可——我原本是這麼認為。

「但是既然回想起那種事情了……」

我回想起的前世記憶就是以下的內容。

球技大會最後一天——我們班上跟對手都是積分最高的班級，結果就變成可以說是決定冠軍的一場比賽。

而最後的項目正是我參加的壘球，然後跟這輩子一樣，我的守備位置都是右外野。

最後一天的最後一個項目，而且還是決定優勝的比賽。

這樣的對戰當然吸引了許多觀眾，我們就在大量的觀眾注視下進行比賽。

然後——在我們班領先一分的情況下比賽來到最後半局。

兩出局二、三壘有人，比賽進入最後的打席。

（記憶越來越清晰……那個時候場面真的很熱絡。）

因為是其他項目的比賽全部結束後的最後一戰，所以觀眾人數當然很多。

而且所有人像被夏天的熱氣影響一樣顯得異常熱情，「還剩一個！還剩一個！」「好好防守啊！」的加油聲也震耳欲聾……紫条院同學也好像也發出「再努力一下！請加油吧！」的聲音……

然後最後打擊出去的球就這麼剛好飛到我的頭上。

是平凡無奇的右外野飛球——看見這種情況後，對手的球員都遮住眼睛，我們班許多人則是痛快地大喊著「太棒啦！」。

但防守右外野的正是對於球技完全無計可施的我。

至今為止的比賽很少有球飛到右外野方向，所以都還能蒙混過去，但最後的最後球卻朝我飛過來了。

焦躁不已的我雖然拚命試著伸出手套——還是無法接住球，球落地之後我們班就遭到逆轉輸球了。

對戰的隊伍極為開心地叫著「太爽啦！」「賺到了賺到了！」，原本確信奪得冠軍而狂喜的班上同學則一瞬間安靜了下來。

那個時候……由於我無法承受眾人的視線而暫時閉上眼睛，所以不清楚前來加油的紫条院同學臉上是什麼表情。

但是她的興奮因此冷卻下來是無庸置疑的事。

（嗯，不過是球技大會，上輩子在那之後也沒有特別遭到周圍的人指責。說起來這輩子也不一定會出現同樣的狀況……）

就拿紫条院同學來說好了，我也不認為掉個球會減少她對我的好感度。只不過——

「再也不想在喜歡的女孩子面前露出醜態了……！絕對要進步！」

或許只是男人無聊的面子問題，但就算是這樣，對我來說這仍然是極重要的事情。

希望盡可能在紫条院同學面前保持帥氣的一面……！

「至少得能接住飛球或者滾地球才行……！」

重新打起精神，我站起身子並把球高高拋向空中。

總之要先接住球。

只要能掌握住用手套確實接住球的感覺……！

（就是那裡……！）

配合球落下的時機，攤開手套擋住球的軌道。

只要這樣，球就會自動掉進手套裡面才對。如此相信的我拚死把手套伸出去，只不過——

噗咚，滾滾滾……

跟我的熱情完全相反，沒能接住的球無情地滾落到地面。

「…………………………」

我從這輩子重啟青春的生活之後……已經解決各式各樣的問題。

以強大的精神力擊退勒索的小混混、在校慶時用公司培養出來的技能進行簡報並且讓營運成功、期末考則是以對於紫条院同學的愛情之力獲得學年第一名的榮譽。

前陣子甚至在驚險萬分的情況下克服了那個紫条院時宗社長的壓力面試。

但就只有這件事……從學生時期就完全不在行的運動……只有運動神經是怎麼樣都難以改變……！

當我在心中嘆息的時候——

「咦，新濱同學？你在這裡做什麼？」

「咦……筆橋同學……？」

因為背後突然傳來的聲音而回過頭，就看到同班的短髮女同學——筆橋舞穿著運動T恤與短褲站在那裡。

她是在校慶時變熟的同學之一，個性開朗大方的她兼具運動型健康美少女的魅力，在男生女生之間都受到歡迎。

「沒有啦，那個……我才想問筆橋同學怎麼會在這裡？」

完全沒想到會在假日的公園遇見同班同學的我，在有些含糊其詞的情況下對短髮少女這麼問道。

「咦？因為這裡是我平常跑步的路線啊。沒有社團活動的時候，不像這樣跑一下的話就靜不下來。」

「這……這樣啊……筆橋同學是田徑社對吧。」

仔細一看之下，筆橋已經微微被汗水濡濕，夏季的運動T恤緊貼在她的身上……讓人有點不知道該往哪邊看。

「話說回來，你到底在做什麼？我從遠處看起來，像是在玩把球往上丟，追上去看著它落下的遊戲？」

「怎麼可能啊啊啊啊啊啊啊！」

那是什麼莫名其妙的遊戲？

「誰會在假日的白天一個人做那種事啊！我是為了球技大會的壘球比賽在做接球的練習啦！」

「接球的練習……？咦，但是正上方的飛球不是正常地伸出手套就能接到了嗎？」

「嗚……接不到啊！試了好幾次就是沒辦法順利接到！」

「…………………？？？」

「別露出那種聽不懂你在說什麼的表情！好像我是讓妳打從心底感到可憐的生物一樣！」

可惡啊……筆橋不是在挑釁我，而是真的無法理解我所說的話，這也讓我感覺到運動天分的階級差異……！

「……從反應來看，筆橋同學的壘球技術應該不錯吧？」

「咦？嗯，我國中時是壘球社，技術應該還算可以吧？」

前壘球社社員……！真的假的！

「那抱歉在跑步時打擾妳，不過可以請妳表演一下接住從遠處投過來的球嗎？我實在不知道該怎麼辦了……」

在這個仍是功能型手機的時代，也沒辦法以智慧型手機觀看壘球的影片作為參考，所以希望厲害的人能做個示範。

「我也不算特別拿手……嗯，不過這點小事倒是沒問題！那麼，手套借我一下吧。」

笑著答應幫忙的筆橋戴上手套，跟拿著球的我拉開一定程度的距離。

「好……那我要丟嘍！」

宣布完後，我就把球高高地丟向天空。

雖然腦袋裡是想丟出高高的飛球……

（啊，糟糕，結果拋物線拉太遠了……）

這樣下去將會越過筆橋的頭上——當我這麼想時，少女就跑了起來。

以不慌不忙的冷靜衝刺整個人往後退，才剛正確地停在球的落下地點——

啪嘰一聲清脆的聲音過後，球就理所當然般被手套接住了。

「…………」

筆橋對忍不住露出嚴肅表情的我說「再來一球！」並且把球丟回給我，我便默默地丟出第二球。預定丟出速度足以穿越筆橋右手邊的滾地球。

但筆橋再次迅速跑往那個方向，像是要擋住滾地球前進路線般輕鬆把它接住。之後還做出傳向一壘的動作。

筆橋再次把球回傳給我，這次我試著投出速度足以穿越筆橋左手邊的平飛球——運動少女迅速往左邊橫移，然後再次輕鬆把球接住。

「呼～大概就是這樣，可以作為參考嗎？喂，新濱同學！為……為什麼用那麼嚴肅的表情靠過來啊！」

「筆橋同學……」

面對一臉嚴肅不停靠近的我，筆橋雖然有點慌張，但我還是不加理會繼續朝她靠近——

「拜託！請教我接球的訣竅吧！」

我以頭部快要貼到膝蓋般的速度深深低下頭來。

「咦？等等，別對我低頭啊！哇哇，好像被來散步的人群死命盯著看了！」

「萬事拜託！我無論如何都需要筆橋同學……！」

「哇啊啊啊啊！好像說出讓人害羞到死的發言了喔！」

我真的是不顧一切了。

就算繼續一個人練習恐怕也沒辦法有太大的進步。

想在短期間內提升技術，唯一的可能性就是獲得現在偶然在這裡遇見的筆橋同學提供助力了。

「我不會要妳免費教我……！今後我會優先把筆記本借給妳！」

「咦……真的嗎？新濱同學奪得學年第一名後大家就開始拚命搶奪的那個完美筆記本要先借給我？」

「嗯，而且不只有這樣！這次期中考快到了的時候，我會把整理好的猜題筆記本借給妳！就是我在期末考獲得第一名時也猜中相當多題目的那個筆記本！」

「那……那是什麼，太厲害了……！已經不只是想要的程度而已了！」

經常在上課時打瞌睡的筆橋同學眼睛閃閃發亮。由於期末考的時候她臉上露出財產全在股市賠光了般的表情，所以這個提案似乎很有效果。

「好吧我知道了……！反正我今天也沒有其他事情，就由我來負起責任，把新濱同學訓練成能獨當一面的壘球選手吧！」

「哦哦哦哦哦！太感謝了……！筆橋同學真的是救世主！」

當我浮現由衷感到高興的表情時，筆橋同學就發出「嗯哼」的聲音並且得意地挺起胸膛。看來她很喜歡被人倚賴。

「啊，不過可別搞錯了喔？我不是因為被筆記本引誘才決定幫忙的。」

「咦……？」

「跟新濱同學是一起在校慶突破章魚燒地獄的夥伴……也是平常就很尊敬的朋友，才想助你一臂之力！就算沒有筆記本這件事，我的回答也只會是ＯＫ！」

「筆橋同學……」

少女竟能夠說出這種話，她直率的心讓我抱持著不少敬畏的念頭。

不論是什麼人，面對這種表裡一致且爽朗的性情都會感到很舒服吧。可以理解她在我周圍的朋友裡面為什麼會是人脈最廣的一個。

「謝謝……怎麼說呢，筆橋同學真是個好女人……」

「嗯呵呵！倒是……雖然才剛以感觸良多的口氣誇獎了我……」

「嗯？」

「那個……說起來還是會想要什麼完美筆記還是猜題筆記的借用優先權……接下來的期中考要是再不及格可就真的糟了……」

或許是帥氣的台詞之後又說出「要給我報酬的話我很想要」發言覺得很不好意思吧，筆橋一邊看向其他方向一邊這麼說道。

「哎呀，那當然是沒問題啦……不過平常要是不好好用功，光是看我的筆記也沒辦法考取高分喔。」

「我……我知道啦！別用正確言論來霸凌我！」

生活型態完全偏向運動的少女，像是再也聽不下去般這麼表示。

*

「那麼筆橋教練！請您多多指教！」

「嗯，交給我吧！既然接下任務，我會確實地訓練你！」

我行了一個禮之後，筆橋就挺起胸膛來很愉快地這麼說道。

看來她似乎頗為中意教練這個稱呼。

「那麼馬上來看看新濱同學目前的實力吧！我會不斷把球丟出去，你試著接接看吧！」

「知道了！雖然完全接不住的模樣很丟臉，不過妳就仔細地看吧！」

打起精神來這麼回答完，我就衝刺著跟筆橋拉開距離。

雖然有謝禮但還是麻煩了筆橋，所以至少想在態度上表現出自己認真的程度。

「那我要開始嘍！」

筆橋以下勾投的方式丟出的球上升到我的頭上。

好……參考剛才筆橋華麗的接球動作——

（就是這裡……！）

雖然幹勁十足，但現實相當殘酷。

落下的球連碰都沒碰到我伸出去的手套，無情地在地面彈跳著。

「嗯嗯……？想接卻接不到……？嗯……嗯，別在意別在意！下一球要來嘍！」

在筆橋開朗的聲音催促之下，我回答「嗯！請再給我一次機會！」後就把球滾回去給她。

就這樣——我們不斷重複著接飛球的練習。

筆橋一開始相當開朗的臉，隨著投球次數增加而像是領悟了什麼般，逐漸變成滿是沉痛的表情——

「抱歉，新濱同學……我是真的不知道……」

到了第十五次失敗的時候，筆橋才終於像是對自己的無知感到可恥般以沉重的口氣說：

「原本認為接球就跟開門一樣理所當然，屬於人類與生俱來的機能……！真的沒想到……有像抓娃娃機的無力爪子那樣完全無法接住東西的人……！」

「別在完全沒有惡意的情況下貶低人好嗎！」

我接不住球的模樣可能給她極大的衝擊吧，筆橋完全不自覺自己說了很沒禮貌的發言，我則是對她提出抗議。

「不只是我，運動白痴大概都是這樣。打排球時想要救球結果打中手臂側面，球也掉落到地板上，打網球想要發球時大概有一半的機率會揮空。」

「是……是這樣啊……」

簡直就像聽見異世界的常識一樣，筆橋咕嘟一聲吞了一大口口水。

果然擁有運動天分的人很難理解像我這種運動弱者的感覺。

「嗯……嗯，不過我還是找到可以改善的地方了，像是動作還是姿勢等等的。」

「咦，真的嗎！不愧是前壘球社社員！」

「這個嘛……要說到首先該怎麼做才好——新濱同學你一開始都是『嗶——』那樣的感覺吧？」

「嗯？」

「而且手都會『啪』那樣，所以才會亂揮，也看不見球『啾咿——』的模樣。還有接球的時候不是『咕咿、啪嘰』而是『咻、啪嘰』才會比較——」

「說什麼啊？」

說明也太感覺派了吧？

「啊～嗯……剛才的說明確實不太好懂。再減少一些靠感覺的發言來說明的話……」

筆橋發出「咳咳」的乾咳聲後才繼續表示：

「腰部『咚』然後身體『嗶』，行動時先不要伸手等球『咻咿——』過來時才在最後一刻將手套『啪』一下。但球是葡萄柚所以打開手套時要『咕哇』這樣！」

「結果擬聲詞還是占了一半啊！」

「嗚咕……抱……抱歉！老實說我每次說明都會變成這樣，學妹們聽了也會露出跟現在的新濱同學同樣的表情……！」

似乎有所自覺的筆橋以感到很抱歉的表情如此說道，她的說明確實很難懂。擬聲詞的比例會讓某傳奇前職棒總教練都嚇一跳。

不過這種比例的話——

「那個……『擺出接球姿勢時腰部要放低然後上半身打直，在移動到球的落下地點前都不要伸手。然後看清楚球的落下軌跡才接球，壘球的尺寸就跟葡萄柚差不多大所以要確實打開手套』……這樣對嗎？」

「對……對對，就是那樣！雖然自己這麼說好像不太好，不過虧你能理解耶！」

「嗯，還好啦……」

「還好啦」指的當然是社畜時代的經驗。

世界上有許多不管對方是否理解只自顧自地說話的人，我在接電話或者談生意的時候經常為此所苦。

沒錯，比如說——

像是「這個matter是在經過詳細的agenda後才commit」這種「使用大量商業用語型」。「我因為那個要到那邊稍微做一下這個然後再到對面去做這個那個……！」這種「全是代名詞型」。「給A公司的B商品加入C的要素在D的計畫之後！以E的販賣方式將來達成F的目標！」這種「言語氾濫型」。

其他還有「速度太快根本聽不懂說些什麼型」「內容太曖昧型」等等，而整理、翻譯這種意義不明的內容就是社會人士必須的技能。

像剛才的筆橋那種「擬聲連發型」已經算好懂的了。

「好，那就先在注意這些要點的情況下試試看吧……！」

「嗯！還……還有眼睛別離開球喔！球技最重要的就是這一點了！」

「好！那我再挑戰一次！」

與其一個人埋頭練習，還是跟厲害的人一起進行才比較容易找出解決之道。

心裡想著「沒用的我至少得打起精神來才行」，於是拿起手套並且開始燃燒鬥志。

「嗯……好可惜……真的非常可惜……」

「雖然有所改善了……」

我跟筆橋坐在公園的草地上休息。

聽取了筆橋的建議，重新打起精神來再次開始練習後，發現確實有效果。

對於飛過來的球起步已經變快，伸出手套的時間也比較準確，甚至開始習慣認清球的軌跡了。

但是即使碰到手套也會直接彈開，經常發生以為接到了卻還是漏球的情況。

「可惡……怎麼這麼不順。大家理所當然般完成的事情我卻辦不到，這真的讓人很難過……」

由於是大家都辦得到的事，當我失敗時周圍就會感到不可思議地說「為什麼那種球也會漏接？」。有時甚至會有表示「你根本沒有認真在做吧！」的傢伙出現，讓我不得不為自己辯白。

「哎呀，其實我倒是放心了喔。因為知道在校慶那麼活躍，期末考又拿到最高分的新濱同學也有不拿手的事情。」

「我有一大堆不拿手的事情喔。雖然聽到稱讚很開心……但那兩件事是因為有不得不努力的理由。」

說起來不論是校慶還是期末考，能夠那麼順利有很大的原因是靠倚賴第二次人生的恩惠，絕不是我這個人很了不起的緣故。

「老實說，我很羨慕像筆橋同學這樣運動全能的人。一直覺得我要是運動神經發達的話，人生應該會不一樣才對。」

抬頭看著晴朗的藍天，終於忍不住說出這樣的抱怨。

沒錯，這一世也就算了……前世的我一直強烈地認為如果運動神經能好一點就好了。

「咦咦？我覺得頭腦聰明絕對比會運動更讓人羨慕耶……而且會不會運動這種事情會影響到人生什麼的也太誇張了吧？」

「不……對男孩子來說那一點都不誇張。因為那很可能就會決定一生的性格。」

「啥？性……性格？只因為運動？」

身為女孩子的筆橋確實不容易搞懂我說的話吧。

但我認為運動能力會給人生帶來莫大的影響。

「嗯，這只是充滿我個人偏見的意見……不過剛就讀小學時，運動能力的高低對於男生來說是很重要的一件事。」

某方面來說，人生中運動能力最受到重視的就是這個時候。因為最初的學校階層就是在這個時候決定下來。

「小學男生呢，都是以運動能力來決定在班上的地位。跑步速度很快、玩躲避球很強的話周圍就會不斷稱讚『好厲害！』『好帥喔！』，在班上的地位也會水漲船高，本人就會越來越有自信然後性格越來越開朗。」

而且這樣的過程在國中與高中也會持續下去。

所以運動能力強的傢伙，學生時代從一開始到最後都是個性開朗的人。

「咦咦……？但……但是，話說回來……小學和國中的時候，開朗活潑的男生確實全都是運動神經發達的人……」

「對吧？而運動能力弱的男孩子則會被周圍定位為『弱小的傢伙』。被人嘲笑或者輕視，在班上的地位也處於下層，對於自己也越來越沒有自信。我現在雖然好一點了，不過稍早之前幾乎不怎麼說話而且很陰暗對吧？」

「呼哇哇……男孩子是這樣的啊……咦？不過反過來說，新濱同學到底是發生了什麼事才會變得這麼開朗……？不要說陰暗了，現在是班上幾乎所有人都認同的能源過剩男孩喔……」

「這……這個嘛……只是突然起心動念要改變形象……」

沒辦法表示自己是正把原本運動白痴兼個性陰暗的青春重新來過的未來人，我只能用模糊的言詞試著把事情帶過。

「總之剛才所說的決定性格與人生指的就是這麼回事。當然也有很多例外，只是我擅自這麼想而已……至少我就是因為有這樣的體驗，所以對運動沒有太好的印象，也才會羨慕運動神經好的人。」

關於運動真的只有不堪回首的記憶。

在賽跑時跌倒，玩躲避球時臉被球砸中，踢足球時踢出去的腳揮空而跌倒。

每次失敗就會遭到周圍的人輕視與嘲笑。

然後我就漸漸失去自信，整個人也失去了爽朗的個性。

（啊……對喔……說出來後才注意到……）

我個性變得陰暗且軟弱的主要原因——正是因為從缺乏運動能力開始的。

因為是運動白痴，所以小學一年級就處於校園階層最低層級的我，到了國高中也無法從該處往上爬，只能度過持續害怕周圍同學的青春。

也就是說，我現在正在挑戰某方面來說是我陰暗人生的元凶。

「就是那個啊啊啊啊啊啊啊！」

「咦？什……什麼？」

面對突然指著我大叫的筆橋，我只能瞪大眼睛。

「就是那個！從剛才開始，你接球的時機明明很正確，但不知道為什麼就是有點腳軟！眼晴明明沒有離開球，不知道為什麼就像看到什麼恐怖的東西般無法完全直視！我還以為是自己想太多……但新濱同學對於運動的負面意識確實影響了表現！」

「這個嘛……」

聽她這麼一說，就發現自己無法否認。

不只有球技大會的記憶，基本上關於球類這種集團球技，能想起來的全都是失敗的回憶。

球技裡最重要的就是直視著球，如果是這樣的潛意識讓我無法辦到這一點，那確實是相當致命的缺點。

「或許吧……但就算是這樣好了，我該如何克服它呢……？」

只要有所自覺，剩下來的就是幹勁的問題了嗎？不，光靠幹勁實在無法……

「嗯……雖然不知道有沒有效，不過我想到辦法嘍。」

「咦，真的嗎？不愧是教練！」

「啊……嗯，然後呢，雖然有點不好意思，不過為了實行我的辦法，有件事情想要先問你一下……」

這時筆橋不知道為什麼臉頰泛紅，還露出欲言又止的模樣。

怎……怎麼回事？為什麼這時候會臉紅？

「那個，新濱同學你……喜歡紫条院同學吧？」

「什！」

為……為什麼會知道？是風見原還是銀次洩漏出去的？

「你好像受到很大的衝擊……不過你忘了你們兩個人在校慶約會時，就是我找到你們的嗎？我在那個時候也因為章魚燒咖啡廳快要開天窗，根本沒有空想太多。」

話……話說回來確實是這樣……！可惡，那個時候她真的慌了手腳，還以為她不會太在意我跟紫条院同學在一起這件事……！

「當然光是這件事還是無法確定……但之後以那樣的眼光看你們兩個人，就覺得一定是那樣。天然呆的紫条院同學我是不太清楚，不過我想新濱同學應該是認真的。」

「嗚……嗯，我想跟筆橋同學講應該沒關係……雖然說出來很不好意思，不過我承認確實是這樣。那個……我喜歡紫条院同學。」

認為無法蒙混過去的我放棄掙扎，直接說出自己的心意。

感覺我最近好像老是在跟別人表白自己的戀情……

結果少女筆橋的臉頰就變得更紅了，而且嘴裡還說著「呼啊啊啊……！果……果然是這樣……！哇啊啊……！」。

……為什麼這傢伙比被迫說出心意的我還要害羞啊。

「這……這樣啊……嗯，聽到跟我很熟的兩個人是這種關係，心臟就跳得好快喔……對了對了，你們應該接過吻了吧？」

「沒有啦，怎麼可能……應該說根本還沒交往……」

「…………啥？都這麼親密了，到底在做什麼啊？」

「別突然一臉嚴肅地責備人好嗎！」

別用跟平常的妳不一樣的輕蔑眼神來瞪人啦！

好像在說我是個窩囊廢一樣，這樣真的很傷人！

「好吧，先不說這個了……特別在假日跑來練習壘球，難道也是因為不想在球技大會讓紫条院同學看見丟臉的樣子？應該說這是唯一的理由了。」

「這個嘛……是的，妳說的一點都沒錯。不是為了班上，百分之百是為了在心儀的女孩面前耍帥……」

果然只要跟戀愛有關，女孩子的推理能力就會提升，我的動機完全被她說中了。

被輕易看穿的我，這時候只能老實說出真心話。

「好！那你就試著想想看！紫条院同學在幫你加油時的模樣！讓腦袋裡充滿想讓喜歡的人看見自己帥氣一面的想法！」

「咦？什……什麼意思？」

「校慶的時候新濱同學就展現過了，你就像那種只要一點火就會一路往前猛衝的失控火車對吧？所以在那樣的氣勢下燃燒『要讓喜歡的人看見帥氣一面！』的幹勁，負面意識說不定就會稍微變弱一點！運動方面，靠著幹勁來撐過最後關頭是常見的事情！」

筆橋表示為了克服自己的負面意識，就要燃燒戀愛這種最火熱的感情。

這乍看之下似乎是聊以自慰的精神論……但想起來也正是我一路以來都在做的事情。校慶和期末考的時候，驅使著我的動力來源一直都是對紫条院同學的愛意。

「好……我會試試看！把球丟給我吧，筆橋同學！」

「ＯＫ！這次一定會成功啦！」

我跟剛才一樣拉開跟她之間的距離。

不過筆橋竟然能如此設身處地替我著想，這傢伙真的是個好人。

我自己一個人的話絕對已經走投無路，所以對她只有感謝。

「到位置上了嗎！那我要丟嘍！」

筆橋從遠方這麼說道，丟過來的球在公園的天空中升起。

然後我——以沉下腰部的姿勢衝刺並追著球。

一邊看著球一邊預測落下地點。

（啊啊……聽她這麼一說，球對我來說確實是一種「恐懼」。）

短暫的時間裡，我不停思考著。

雖說對於飛過來的物體感到恐懼是一種本能，但除此之外我還對球抱持著一種厭惡感。

那大概是因為筆橋所說的對於所有運動的負面意識所造成，經過漫長的歲月後，它已經在我心中紮根了。

但是——我對於紫条院同學的心意以及青春的後悔都比它更為強烈。

（快想起來……喜歡這種活動的紫条院同學興奮地幫忙加油的模樣！說不定還會喊著我的名字來聲援班上，在活躍之後說不定會像考試時那樣稱讚我「太厲害了！」。）

不是「不想讓她看見醜態」而是「想讓她看見帥氣的一面」，讓這種符合高中生身分的直率虛榮心燃燒起來吧。不是躲避而是進攻的心情……！

這個時候，我理解自己是比想像中更加單純的戀愛腦男性。

嘴角自然露出微笑。

對於球的厭惡感被沖淡，掉下來的不是威脅而是機會這種獎勵的意識整個興起。

妄想中的紫条院同學的聲援，給了我撐過最後關頭所需的熱量。

我配合白球的落下，舉著手套一直盯著看。

瞪著球的我心想「絕對要接住」，到最後一刻都沒有把眼神移開。

認清楚軌道，在不慌不忙的情況下大大地攤開手套。

然後——

手套隨著「磅！」的輕快聲響感受到強烈衝擊。

我確實把白球接到手套裡了。

「哦……？哦……哦哦哦哦哦哦哦哦哦哦哦哦哦哦哦哦哦哦哦！」

「成……成功了啊啊啊啊啊啊啊啊啊啊啊啊啊啊啊啊啊啊啊啊！」

在手套裡找到球的瞬間，自己就不用說了，連筆橋都跑向這邊痛快地大叫著。

「太厲害了……！太厲害了新濱同學！我好像快哭了……！看到寶寶用自己的腳走路時的母親，就是會出現這樣的喜悅嗎……！」

「謝謝！雖然感覺似乎聽見了最高等級的失禮發言，不過這一切全是託筆橋同學的福……！實在太感謝妳了！」

客觀來看只是接住一顆平凡的飛球，完全沒有什麼厲害的地方，但我跟筆橋都被湧上來的謎樣感動支配了。

甚至可以說整個人都變成傻瓜了。

啊啊，原來如此……這就是在漫畫和動畫裡已經看膩了的運動鬥志帶來的感動嗎！原本辦不到的事情因為努力而能辦得到時的喜悅……！

「好了，那麼……開始下一球吧！」

然後——在分享一陣子感動之後，筆橋像是重新打起精神來一般開口這麼說道。

「啥……下一球？」

「沒錯！才接到一球而已，離成功還很遙遠呢！要確實地練習高飛球、平飛球還有滾地球，達到能把它們全部接住的狀態才行！」

嗯，妳說的一點都沒錯，只不過……

「等等，要做到那種地步得花很多時間，怎麼好意思讓筆橋同學幫那麼多忙……」

「你在說什麼啊！現在新濱同學好不容易才踏出第一步，怎麼能在這時候拋下你不管！快點咕哇地打起精神來！」

筆橋的眼睛裡燃燒著火焰，以不由分說的強硬口氣如此宣布。

好像……跟平常的氣氛不太一樣……！

（這……這是……剛才的謎樣感動點燃了體育社團成員內心的火焰……？完全進入指導學弟妹時的學姊模式了……！）

「好了，要來嘍！在能夠完全接住各種球之前就只能特訓了！還有回答我時只能大聲說『是的！』！我會不斷丟球，最好有所覺悟！」

「是……是的……？」

「不行！太小聲了！」

「是……是的————！」

立刻遭到指責，我只能加大音量。

完全是運動社團的情境。

「很好——————！要上嘍新濱同學！我會按照你的請託，把你鍛鍊成一個能獨當一面的壘球選手！打起精神來吧！」

幹勁MAX的筆橋同學聲音響起，我的額頭流下一縷汗水。

雖然非常感謝……但我能撐得住嗎……？

▶第二章◀ 拚盡全力而香汗淋漓的天使

假期結束後的球技大會當天。

酷熱的氣溫當中，我們在操場上集合列隊。

校長從講台往下看著這樣的我們，嘴裡所說的金玉良言是又臭又長，讓在場的所有學生都露出不耐煩的表情——

（終於來了嗎，球技大會……別以為我還跟上輩子一樣啊！）

跟懶洋洋的周圍不一樣，只有我一個人是以充滿幹勁的表情在迎接這個時刻。

經過筆橋的特訓，我完全變成體育社團成員的腦袋，連我自己都有從一大早思考就變得太過熱血的自覺。

但是，只要想到這一天在等待著我的事情，就覺得這樣的幹勁與情緒才剛剛好。

因為事態按照我的記憶進行的話，在場面來到決定最後勝負的最高潮而相當熱絡時，有著因為我的失敗而讓一切變為泡影的命運在等著我。

（再也不想有那樣的回憶……！就算拚死也要接住飛向我這邊的球，對那個心理陰影說再見！）

在校長永無止盡般的演講當中，我偷偷握緊拳頭燃燒著鬥志。

老實說，那個特訓的日子已經把能做的事情全部做了。

當我好不容易成功接到高飛球之後……筆橋的運動鬥志完全燃燒了起來，變身成昭和時代的斯巴達教練。

像要表示總之先以數量來取勝般不停投出滾地球、平飛球與高飛球。

這種不知何時會結束的接球地獄，是讓我知道自己運動神經究竟有多糟糕的作業。但是也確實提升了接球力與我的積極性。

（雖然對如此盡心盡力幫忙的筆橋只有感謝，但那一天真的體力完全耗盡……嗯，想到坐在辦公桌前面加班持續處理無趣的文書作業時，精神上一點都不覺得辛苦就是了。）

這一切全都是為了能夠在紫条院同學面前展現出帥氣的一面。

因為胸中藏著這個簡單但是對高中男生來說比任何事物都重要的理由，我才會如此幹勁十足，但是——

*

「…………完全沒有表現的機會。」

剛過中午左右，兩場比賽之間的休息時間。

坐在操場附近樹蔭底下休息的我，以複雜的心情這麼呢喃著。

以日程來說，由於只有一天，所以球技大會從早到晚排了滿滿的賽事。

而我們班的壘球組也從早上就連續進行了好幾場比賽……但我就只是呆立在右外野，每一場比賽都對隊上沒有任何貢獻。

（不過，前世也確實沒有任何球飛到我這邊來，說起來右外野本來就是打出去的球很少過來的守備位置……有種燃燒大量鬥志卻只是白費工夫的感覺……）

順帶一提，站上打席時只有一次打出軟弱滾地球，結果因為對方失誤而形成安打，其他打席全部出局。由於打擊完全沒有練習，所以這也是沒辦法的事。

（話說回來……感覺這次的隊友都是些配合度很高的傢伙耶？）

我參加的隊伍，也就是壘球男生組不知道為什麼氣氛非常開朗，小隊之間合作的默契高得嚇人。

「交給我吧！我來接——！」

「Nice！球很有尾勁喔！」

「別在意！之後再打回來加倍奉還！」

像這樣沒有特別由任何人決定就會確實出聲來互相鼓勵。

不論什麼樣的工作還是作業都是一樣，像這樣積極地彼此搭話是很基本且重要的事情。除了可以緩解緊張之外，也能讓瞬時的合作變得順暢，明顯提升整支小隊的機能。

實際上跟沒有什麼參賽意願或者感情不是很好的班級比賽時就出現了顯著的差異，現在竟然成功拿下所有比賽的勝利。

然後等回過神來時大會已經接近尾聲，下一場就是最後的比賽了。

（託他們的福，感覺班上的積分比前世還要更高了……但男子壘球將決定優勝屬於哪一班的發展還是沒有改變……）

一想到這裡，就被因為緊張而胃部整個揪緊的感覺襲擊。

簡直就像命運正期待我的失敗，虎視眈眈地完成準備工作——

（可惡，怎麼能如此負面思考！為了轉換心情，還是先去幫紫条院同學加油吧！）

休息一陣子後汗水稍微乾了的我，便站起身子朝體育館前進。

紫条院同學參加了軟式排球組，這個時間仍在比賽當中。

雖然身為男孩子的我，去看女孩子的比賽項目還是會有點不好意思，但心儀的女孩正在奮鬥的話，就會想至少要到場幫她加油。

（嗚哇……！人也太多了吧！）

一進入體育館，就看到包圍排球場的一大群觀眾。

雖然女孩子很多，但男生比她們更多，而且大家的臉都像是發燒一樣紅紅的。

（可惡，圍成這樣的人牆根本看不見比賽，也沒辦法往前進……！這種像煙火大會般人擠人的情況究竟是怎麼回事？）

想要強行通過，就惹得周圍的人以非難的眼神看著我。

當我正想著該如何是好的時候——手突然被人拉走。

「來這邊，新濱同學。反正我也知道你的目標是什麼。」

「咦……風見原？」

在人群之中對我搭話的是留著一頭中長髮的眼鏡少女——風見原美月。

她是我從校慶開始就經常交談的幾個人之一，光看外表的話是個清純的文青美少女，不過實際上是完全預測不到接下來要說些什麼，個性我行我素的少女。

「等等，喂。別拉那麼用力啊！」

「別管那麼多請閉上嘴跟我來吧。比賽已經開始了。」

風見原無視我的抗議，拉著我的手把我帶到觀眾的最前排。

即使周圍好幾個人露出感到困擾的表情，風見原似乎也沒有特別在意。

「好了，到了。呵呵，為什麼會有這麼多觀眾，好好把原因烙印在你的眼底吧。」

「啥……原因？那是什麼——」

我對咧嘴露出充滿壞心眼笑容的風見原感到納悶，但是當我把視線朝向排球場的瞬間，這樣的想法就煙消雲散了。

排球場上有紫条院同學——拚命追著球的天使存在。

做白色T恤狀的體育服與藍色短褲這種打扮的紫条院同學，跟穿制服時相比手臂與腿都露在外面，豔麗的模樣甚至讓人有點不敢直視。

又長又美的黑髮綁成了馬尾，外露的雪白後頸也增加了她的魅力。

但或許是對於自己目前的狀態沒有任何自覺吧，她就只是專心於排球比賽，不論是衝刺還是救球都是用盡全力。

而在夏季氣溫當中像那樣持續全力運動的話，當然會滿身大汗——

（嗚……嗚哇……！等等，這樣不行吧……！）

因為滿身大汗的緣故，紫条院同學的體育服整個緊貼在身體上，雖然還差一點才會看見內衣，但已經是相當惱人的狀態。

而且……每當她做出跳躍等激烈的動作，其豐滿的胸部就會誘人地搖晃，給男孩子重要的某部分強烈的衝擊。

「真是的，那個毫無自覺的香汗情色大和撫子……差不多該理解自己是國寶級的美少女了吧。」

「什麼情色大和撫子啊……嗯，對於自身是美女的自覺不足這一點我也同意啦。」

嗯？這就表示……這大量的觀眾都是因為惱人的香汗紫条院同學而聚集過來的嗎！

可惡，女孩子也就算了，真想現在立刻把男生們全部趕出體育館……！

很不願意紫条院同學那種嬌豔的模樣被男孩子看見！

「不過真沒想到會聚集這麼多男孩子……把那些汗水收集起來裝瓶的話，應該可以賣到很高的價錢吧？」

「妳這傢伙真的是……！別以為自己是女高中生，就可以盡情說出變態的發言也不會受到譴責喔！」

雖說我自己也是男高中生身體裡面安裝了大叔經驗值這種異質的存在，但這傢伙也是極為自由奔放的人物。前世因為沒什麼交流而不是很清楚，不過我們班上似乎有許多性格強烈的同學。

「開玩笑的啦。嗯……即使只是球技大會也會像那樣盡全力，我想這也是紫条院同學的魅力吧。」

「是啊……」

我們一起把視線朝向追著白球的紫条院同學。

雖然目光總是會不由得被她嬌豔的模樣吸引，但真正應該注意的是她的表情。

紫条院同學真的很認真。

即使她擁有難以比擬的美貌，但是運動能力卻很平凡，動作也不算敏捷。

但就算是這樣，在這場不過是學校活動的賽事裡，少女卻像是正在進行縣級大會一般，以竭盡全力的方式來參賽。

總是全力付出的她，就像是要全心全意來讚頌這個瞬間的青春一樣。

「呵呵，重新喜歡上她了嗎？應該說，定期會重新迷上她嗎？」

「吵死了。」

面對露出壞心眼笑容的眼鏡少女，我只能說出鬧彆扭一般的回答。

這傢伙知道我對紫条院同學的心意，偶爾會像這樣來調侃我。

「話說回來，你好像找筆橋同學幫你進行壘球的特訓喔？同為運動白痴，我很佩服你的幹勁……理由是因為不想在春華面前露出醜態，這理由實在是太純情了，光是聽見我就有飽足感了。」

「……抱歉喔，我就是那麼純情。」

冷靜一聽之後，特訓的理由就像國中生酸酸甜甜的初戀一樣，讓人感到很不好意思。

受到臉上一直掛著壞心笑容的風見原注視，我終於因為羞恥而別開臉去。

「我如果有一般人的運動能力，就不會進行特訓了。老實說，我很羨慕運動能力強的人。在運動方面活躍一看就會覺得很帥氣，難怪棒球社與足球社的社員會如此受到異性歡迎。」

「咦……？我也覺得運動神經很好的學生很引人注意，但是新濱同學在校慶時領導大家，還在期末考時贏得第一名，有了這種顯眼活躍的你可以說這種話嗎？」

我才剛抱怨完，風見原不知為何就以難以置信的眼神看著我。

「啥？等等，那單純只是學校的活動而已。我也覺得大家在一定程度上認同了我，但應該沒有人覺得我很帥氣吧。」

不論是在校慶還是期末考，我確實都有引人注意的表現，對班上做出貢獻後，我也自覺地位與發言力般的東西已經有所提升。

但是，那跟帥氣……吸引他人的性格魅力又完全不一樣了吧。

「咦咦……新濱同學為什麼對於自己的評價總是跟蚤狀潘一樣低呢？筆橋同學也是因為對象是新濱同學才會陪著幫你特訓的吧。」

什麼蚤狀潘啊，妳這傢伙……算了，其實也不算全錯啦。

人生幾乎都在後悔中度過的我，經常抱持著自我厭惡的心情。即使在這第二次的人生一個一個撿拾起過去遺漏的各種事物，還是無法輕易就肯定自己的表現。

「哎呀，我們班目前居於下風。好好地幫忙加油吧。」

對方的隊伍裡好像有女子排球社社員，我們班的女子軟式排球隊似乎陷入苦戰。

不過足以圍成人牆的群眾幾乎都幫我們班的同學——應該說都瘋狂地幫極度吸睛的紫条院同學加油，所以聲援的聲音很大。

如此巨大的聲援在屋內不斷造成回音的狀況下，我的聲音應該無法傳到她的耳裡……即使如此，我還是認為要對那個努力的女孩子道出由衷的助威聲。

「紫条院同學！加油啊————！」

我用盡全力喊出上輩子絕對無法說出口的，發自內心的聲援。

然後，它果然混雜在實在太多的加油聲當中消失無蹤——

（咦——）

比賽中的紫条院同學震動了一下後就立刻看向我。緊接著——大大的眼睛朝向我的瞬間，紫条院同學原本緊繃的嚴肅表情，就突然轉變成花朵綻放般的開心笑容。

（……嗚！）

流了許多汗水而變得比平常還要嬌豔的紫条院同學，對我的加油有所反應而露出微笑。這個事實還有她的表情讓我的心跳急遽加速——

而在這個時候，我看見球從對手隊伍那裡無情地朝紫条院同學飛過來。

「紫条院同學！前面！前面！球來了！」

「咦？呀啊啊啊啊！」

聽見同伴的聲音急忙轉向正面時已經來不及了。

把視線移往我這邊的紫条院同學無法對應來球，球確實擊中地板後反彈了起來。

天……天啊……

「這個……怎麼看都是我害的……」

「哎呀，結果變成幫敵方隊伍一把了。」

打算幫忙加油卻反而扯了後腿的事實讓我發出苦澀的呻吟，風見原則是隨口就說出這個我不想承認的事實。

*

「真的很抱歉……！妳這麼努力，我卻幫了倒忙！」

紫条院同學的比賽結束之後，我就在體育館外面跟她低頭謝罪。

因為剛才那場比賽就是受到那時的失分影響而直接落敗。無論如何就是會覺得自己有責任。

「不，是忍不住分心看向旁邊的我不好……因為至今幾乎都沒有被朋友加油過，所以實在太高興了……」

失誤與敗北的打擊，讓紫条院同學明顯露出沮喪的模樣。

隊友們好像都笑著原諒了她，但她似乎還是因為自己的失誤輸球而感到過意不去。

（這表示她就是如此地認真看待這場比賽……真的幹了一件錯事……）

我內心這麼想著，同時覺得露出懊悔表情的大和撫子少女看起來相當炫目。

年紀越大，就越會有對某件事物認真是相當俗氣的風潮。但眼前的少女正是因為全心全意在打這場比賽，才會產生如此懊悔的感情。

「呼～不能再這樣自怨自艾了！班上每一支隊伍都還為了贏得優勝而努力著呢！」

紫条院同學擦去額頭上的汗水，接著在胸前緊握住雙手來轉換心情。

或許只是我想太多……最近紫条院同學開始會確實說出自己的意見，陷入沮喪心情的時間也減少，感覺控制感情的能力似乎進步了。

「新濱同學在放假前也跟壘球社借了球具努力練習對吧。竟然還事先練習，真是太了不起了。」

「呃，嗯……」

我確實進行了特訓，但實情是為了讓爛到極點的自己提升到一般水準而臨陣磨槍。而且也沒進步到能讓她以如此閃閃發亮的眼睛看著我的程度。

「校慶的時候也是這樣，新濱同學連球技大會也如此認真以待呢。我覺得像這樣凡事認真努力真的是很棒的一件事！」

「……嗚。」

身穿跟平時不同的體育服且綁著馬尾的紫条院同學，對著我露出與平時沒有兩樣的天真笑容。感覺不到絲毫的邪氣，真的是打從心底對我說這是一件很棒的事。

她由衷的讚賞與好意——實在太過舒服，讓我的心因此而雀躍不已。

「新濱同學參加的壘球是今天最後的比賽對吧。我會去幫忙加油，請連我輸掉的份一起努力吧！」

「嗯……嗯，交給我吧！既然是最後的壓軸，我會努力獲勝喔！」

純真的聲援雖然讓我感到高興，另一方面也形成壓力整個壓到我身上。

不過她的笑容同時也幫我的心填充了強烈的能源。

不想讓如此期望獲勝的天真無邪笑容因為遺憾而消失。想把它變成不受限制的喜悅——這樣的心情開始在我的內心沸騰了起來。

第三章
現在這個時候只需要熱血

球技大會終於來到尾聲，剩下來的就只有我們壘球組的最後一場比賽。

這場比賽獲勝的話總分就能贏得班級冠軍，果然跟前世的發展一模一樣。

然後——為了進行最後一場比賽，我們壘球組就在萬里無雲的藍天底下聚集在球場上。

「好累喔……從早上到現在到底打幾場了。尤其是壘球都會有球飛過來，我真的不太會接耶。足球什麼的還可以隨便在場上追個球就很帥氣了……」

我身邊穿著體育服的朋友——山平銀次很不滿般抱怨著。

這傢伙隸屬於電腦社，跟我一樣非常討厭球技大會。

「說起來呢，學校的活動裡面像球技大會或者長跑等體育類的實在太多了。認為只要讓學生運動就能發展出健全的精神，這樣的思維實在太古板了……等等，那種幹勁十足的表情是怎麼回事啊，新濱？不會繼學力之後連運動神經都變好了吧？」

「運動神經怎麼可能那麼容易變好。只不過是我對這場比賽稍微做了一些準備。」

說句實話，我做的準備絕對不是「稍微」而是非常認真。

而克服特訓的艱辛、對陪我練習的筆橋同學的感謝，以及來自紫条院同學純真的加油打氣。可以確定這些全部在我心中混雜在一起，形成了滿滿的幹勁。

「啊……我大概知道了。你又為了在紫条院同學面前耍帥而死命練習了對吧。」

「你……你怎麼知道？你是超能力者嗎？」

「事到如今，我早就了解戀愛腦覺醒的你有什麼樣的行動模式了啦。你以前存在的『保持沉默』『放棄』兩個指令已經消失，變更成只有『為了心儀女孩拚死努力』這個指令的狗屁遲緩規格了。」

銀次以傻眼的表情這麼說道。

現在的我在旁人眼裡看起來，行動原理是如此簡單易懂嗎……？

「話說回來……因為是最後一場比賽了，來看的人還真多呢。」

正如銀次所說，球場周圍有許多來看比賽的學生。

應該說，同學年的學生幾乎都來了吧。

嗯，其實這也很正常。除了我們跟對手的隊伍之外，所有的比賽都結束了，這個大會的最後一場比賽將決定聯賽冠軍的話當然會受到矚目。

而且——不只是聚集過來的觀眾人數，連場面也是熱鬧非凡。

「轟出去吧！贏了這一場就是冠軍了！」

「壘球組的男生們！贏了的話老師好像要請喝罐裝果汁，所以為了班上好好努力吧！」

「我用午餐跟人賭我們班會贏了！一定要獲勝啊！」

比賽開始前就能聽見的加油聲是來自於我們班來觀戰的學生。

這些聲音比我前世記憶裡聽見的更加熱烈，如此一來似乎也形成了一種壓力，但對我的隊友們似乎特別受用。

「嗯，難得一路贏到現在，當然要拚嘍！」

「好喔！有女孩子幫忙加油就特別來勁！」

「太好了！我的金雞獨立打法要噴火啦！」

「赤崎啊，你第二戰時用那種打擊姿勢，結果在打擊區跌倒了，反省一下好嗎？」

雖然像這樣混雜著一些玩笑話，不過士氣相當高昂。

話說回來……我們班到底是怎麼了？

隊友們從今天早上就充滿幹勁，不論是提振士氣的呼喊還是合作都天衣無縫。

其他來觀戰的同學們也是一樣，記得前世的記憶裡是到比賽快結束時場面才變得熱絡，好像沒有這樣從比賽開始之前就不斷出聲加油……？

「總覺得……班上那群傢伙好像特別興奮？」

「啥？你在說什麼啊新濱。營造出這種氣氛的就是你吧。」

「啥……？」

銀次對我的疑問產生反應後所做的回答，終於讓我發出愚蠢的聲音。

咦，我？我做了什麼嗎？

「你在校慶時企劃的攤位讓大家相當投入吧？從那之後班上同學之間的距離就變近了，整體的我群意識也變強。因此形成了輕鬆且容易合作的氣氛，到了球技大賽的冠軍決定戰，當然會變成這種激昂的氛圍啦。」

「是……是這樣嗎……」

我也認為班上多少變得團結一些了，不過沒有發覺是那次的校慶對班上的氣氛產生如此大的影響。

話說回來……我在期末考拿下第一名時，班上同學確實以非常誇張的方式稱讚了我。

那個時候還以為是因為贏過了御劍這個壞蛋才會有這樣的反應，不過跟班上整體的氣氛變得容易一起起鬨應該也有關係吧。

「嗯？那是……」

坐在操場外圍幫忙加油的班上同學之中，可以看到身穿體育服的紫条院同學的身影。

風見原與筆橋坐在她的兩側，三個人一起看著這邊。

似乎注意到我把視線移過去，風見原便咧嘴露出笑容，就像要表示「啊，新濱同學看著這邊呢——嗯，請在紫条院同學面前努力地要帥吧」一樣，筆橋則像要對我說「展現特訓的成果！好好努力吧！」一般，伸出右手對我豎起大拇指比讚。

而紫条院同學果然很喜歡這樣的活動，在比賽開始之前似乎就因為班上逐漸加熱的氣氛而顯得非常興奮。

（啊……）

然後——我跟這樣的她四目相對。

簡直就像互相在尋找對方的身影一樣，我們確實地看著對方的眼睛。

希望這不是我的錯覺。

跟我視線相交的瞬間，紫条院同學就露出宛如花朵綻放般的笑容。而且少女還像是要表示以直率的方式表現自己純潔的應援之心。

「我會盡全力加油！也請你好好努力喔！」一樣，對著我不停用力揮手。

「哦……哦哦哦！你們看到了嗎！紫条院同學在對我揮手！」

「什麼啊啊啊！你這個傢伙少臭美了！是對我揮手好嗎！」

「你們兩個明明知道絕對沒有機會，別再繼續這種可悲的爭吵了好嗎！」

「但紫条院同學也很融入狀況！這下要是活躍的話說不定會有機會喔！」

「嗯，看來是認真的時候了……！」

男生是單純到讓人感到悲慘的生物，光是美少女笑著揮揮手就士氣大振。當然我也不例外。

「喂喂，快看啊新濱。每個傢伙的頭腦都簡單到了極點，現在更因此而興奮到爆——」

「嗚哦哦哦哦哦哦哦哦哦哦！看我的……我一定會有所表現！」

「喂，結果你才是頭腦最簡單的傢伙嗎！」

吵死了啦銀次。

我在地球上最喜歡的女孩子笑著對我揮手了喔。

哪有這樣還不熱血沸騰的男人。

而當我們在幹這些蠢事時——操場上就響起了廣播的聲音。

「已經到了比賽開始的時間，二年級球技大會壘球組2—B與2—D的比賽即將開始。出場的成員請到操場中央排隊集合。」

「我們走吧，銀次！上場嘍！」

我跑向排隊的地點，其他人也跟在我後面。

「太好了！仔細看著，我的打擊率會是十成喔！」

「呀哈——！」

「看我的！這是讓女孩子尖叫的最好時機！」

每個傢伙都帶著因為紫条院同學的聲援而變笨的腦袋跑上場。

「喂，只有你們興奮到像喝醉的酒鬼一樣會不會太狡猾了！」

只有自己沒有變笨的銀次，就像是在宴會時唯一滴酒不沾，必須辛苦照顧大家的倒楣鬼一樣，開始覺得他有點可憐了。

嗯，總而言之——

成為前世不祥記憶的比賽，意外地在充滿幹勁的狀態下開始了。

*

球技大賽的決勝戰就在實力不分伯仲的狀態下進行著。

對方的隊伍有許多運動社團的社員，也有幾個打過棒球的成員。

我方的打席就算擊中球也都是飛球或者滾地球，對方也都能確切地抓下出局數，我們在一開盤時完全無法得分。

而且對手不只是守備，連打擊也相當強。

我們班上是由棒球社的塚本來擔任投手，到目前為止，他高超的投球技術（好像是叫做風車式投法）雖然讓打者全部出局……但被打出去的球都相當強勁。

只不過——我們班士氣特別高昂的守備陣，不斷以撲接或者跳傳等謎樣的精采守備把這些球全部擋了下來。

對手因為好幾次打出應該是安打的球卻遲遲無法得分而開始感到焦躁，到了球賽後半動作就變得隨便了起來。

對銀次投出觸身球後，我站上打席時球棒奇蹟般擦到球，結果對方在處理滾地球時發生失誤，我雖然出局了但銀次上到二壘。

下一棒塚本做出「為了棒球社的面子，還有也差不多該在女友面前耍帥一下」的宣言後，打出了安打讓我方得了一分。正統派運動型帥哥果然就是不一樣。

回到本壘的銀次聽見大家「Ｎｉｃｅ觸身球！」的稱讚後，就揉著肚子表示「正好打中側腹部有什麼好高興的……好痛……」，不過對於踏上本壘板的功績倒是不可置否。

只要守下這一分——我還有其他人原本都這麼想——

（到了這個時候才按照我的記憶發展嗎……！）

在我們班領先一分的情況下來到最後半局。

守備陣幫助開始感到疲憊的塚本把對手逼到兩出局的狀態，但代價是跑者推進到了二、三壘。

再一名打者就將決定勝負——這樣的情境讓幾乎聚集所有二年級學生的操場開始沸騰了起

來。

每個人都專注在比賽上，上輩子的比賽跟目前的盛況根本沒得比。

稍微瞄了一眼，就看到紫条院同學也興奮地大聲加油，筆橋也跟她一樣，就連平常總是一副撲克臉的風見原都捏緊拳頭著迷地看著比賽。

「加油啊塚本！再一個人！」

「打出去吧！打出去就是再見安打了！」

「加油！事到如今當然要贏得比賽！」

「打高一點！外野都是一些三腳貓在守，打出高飛球就沒問題了！」

「壘球沒辦法飛太遠啦！守前面一點！」

我們班還有對手的班級都像在看棒球社的正式比賽一樣熱烈地加油著，不過我能了解他們的心情。在不清楚勝負結果的緊要關頭，就連業餘的棒球比賽也具備讓人興奮的力量。

（就算狀況相同，也不見得一定會飛到我這邊來……）

我在這輩子重新開始之後，仍未目擊過科幻故事裡經常出現的那種歷史的強制力。

我本身將校慶、期末考、家庭關係、交友關係等關於各種事情的未來做出極大的改變就是最好的證據。

因此，球的飛行方向這種小事，說不定像前世那樣發展的可能性反而比較低。

（但是……就算飛過來我也絕對要接住……！我就是為此而練習的！）

在這場比賽裡，仍沒有球朝守右外野的我這裡飛過來。

但是我完全沒有「希望球就這樣直到最後都不要飛來我這邊」的想法。

（一開始只是不願意在紫条院同學面前露出醜態……）

環視周圍之後，就看見配合度良好又熱血的隊友們，以及出聲幫忙加油的班上同學。

可以說是一群團結起來享受學校的活動，喜歡這種一體感的人們。

我不討厭班上產生的這種氣氛。

（除了想在喜歡的女孩子面前耍帥之外——也想在這個班級贏得勝利。現在的我也有這樣的想法……！）

然後——最後一球投出，對方的打者以球棒來迎擊。

響徹整座球場的並非我們期待的捕手手套接球聲，而是對手熱切期盼的金屬球棒擊球聲。

往上一看之下，球在天空飛得老高。

打出去的球飛行的方向——正是我守的右外野。

（真……真的朝這裡飛過來了……！而且好遠！）

如此判斷後之所以能立刻往後方衝刺，全是託筆橋幫忙特訓的福。

（趕得上嗎……？就算趕得上好了，我能接得住嗎？）

壘球不斷地往前飛，難易度明顯高於我上輩子失敗的普通高飛球。

這球掉下來的話就會跟前世一樣嘗到敗績，反過來說接住的話就能以勝利作結。

我追逐著在藍天中飛行的球，而現場所有學生的視線應該都集中在我身上吧。

雖然沒有多餘的心思去確認這一點，但是壓力逐漸水漲船高。

「——可能接不住。」

全力奔跑當中，潛意識中突然有不安的念頭冒出來。

「其他的事情也就算了，想在不擅長的運動項目有所活躍還是太難了。」

「我努力過了。就算無法得到好的結果也是沒辦法的事。」

「說起來這球對外行人來說太困難了。就算接不到也沒有人會怪你。」

到了這個時候，我內心的膽小鬼才開始試著要拉起防禦線。

就像怨靈一樣，想藉著這樣扯後腿來讓我再次封閉自己的可能性。

當我的動作稍微放慢的時候——

「新濱同學！加油啊————！」

就聽見這個世界上最喜歡的女孩所發出的聲音。

以不符黃花閨女身分的全力大喊來叫著我的名字。

由衷的聲援給了我的心滿滿的活力。

啊啊，我是戀愛條件反射裡撿球的小狗。

光是聽見她的加油聲就滿是歡喜。心情極度雀躍。

不安與膽怯全都消失不見。

（沒錯。不能逃走要主動攻擊！不只是運動……不是決定第二次的人生都要這麼做了嗎……！）

預測球落下的軌道，我一邊跑一邊伸出手套。

時機上來說已經快來不及，但我已經進入忘我境界。

就這樣，宛如流星般墜落的白球——

無情地從我手套上彈開。

（啊……）

因為碰到手套的衝擊而彈到空中的球，看起來簡直就像影片的慢動作重播般映照在我眼裡。

有著白球形狀的勝利，正從我手中溜走的模樣——

（別——）

這個瞬間，支配我腦袋的是一片空白的絕望——不對。

（別想逃啊啊啊啊啊啊啊啊啊啊啊！）

我的心裡原本不可能產生的東西。

上輩子絕對無法獲得的，宛如烈火一般的熱血。

緊接著——

（……嗚！）

因為試圖以不合理的姿勢接球，造成我跌了一大跤。

揚起一大片土塵，整個身體沾滿了紅褐色的土。

「太好了！沒接到！」

「快跑快跑！」

「賺到了賺到了！」

「啊啊，真可惜！」

「啊啊啊，可惡！」

「可惡，還是不行嗎……！」

整個沸騰起來的敵方隊伍，以及垂頭喪氣的我方隊伍。

可以明顯分辨出來的勝者與敗者，兩者的反應可以說一目了然。

但是——要感到喪氣和開心都有點太早了。

「啊……！請……請等一下！看那個……！」

紫条院同學發出的聲音讓學生們的視線再次集中到我身上。

揚起的大量土塵逐漸散去——跌倒後依然躺在操場上的我，像要展現給周圍的人看一樣舉起手臂。

碰到手套後彈到空中，但是用右手直接將其一把抓下的白球。

我高高舉著——貨真價實親手抓下的決勝球。

「出……出局！比賽結束！」

擔任裁判的教師確認我接到球後做出這樣的宣言，發現勝敗逆轉的班上同學，發出的盛大歡呼聲就降落到操場上。

*

在因為勝利而歡喜的聲音傾瀉到球場上時，撐起倒地身體的我茫然凝視著自己右手中的白球。

「贏了……我接到然後獲勝了……吧？」

比賽中完全進入忘我狀態，像現在這樣從熱血當中清醒過來，就覺得自己手裡面的球以及觀眾們沸騰的歡呼聲都不太有真實感。

咦……不是「雖然努力但很可惜」的結果……我真的成功了嗎？

「太棒啦新濱啊啊啊啊啊啊啊！」

「幹得好啊你這個改變形象的傢伙！」

「哈哈哈！在那種盛況下獲勝真是太爽了！」

回過神來後發現隊友們朝我聚集過來，每個人都露出純粹為勝利而開心的孩子般笑容來稱讚我。

（……大家都在誇我……在運動方面爛到極點的我，因為運動而被稱讚幹得好……）

就像校慶的慶功宴那樣，我就在茫然若失的情況下接受眾人的讚美。

運動神經極度不發達的我，很難相信自己正處於只在棒球漫畫中看過的勝利後讚美立功者的情景中。

「謝……謝謝……但是我只是剛好接住最後那一球喔。老實說，這是今天的比賽裡我首次盡到擔任野手的責任。」

「哈哈，別計較這種小事啦！最後以全壘打還是精采守備結束比賽的傢伙本來會引人注意！」

這麼說的是每一場比賽都絕對比我辛苦一百倍的投手塚本。

「對我來說，你真的幫了一個大忙！最後被打出去時我臉都嚇白了，你接住球幫忙彌補我的失誤後，對你的感謝差點就讓我大喊『太了不起了新濱——』！哎呀，你真的是太棒了！」

塚本以打從心底鬆了一口氣的表情訴說著對我的感謝。

看來勝利近在眼前對於投手的壓力相當大，我的接殺似乎把他從驚恐狀態拯救了出來。

「嗯，幹得很好喲！球技大會本來讓人提不起勁，但能讓女孩子們發出如此巨大的尖叫聲，那就非贏不可了！」

「雖然接球的方式太過拚命讓人有點想笑，不過接得好，你這個書呆子！」

「大家……」

即使還有點受到陶醉在勝利熱氣當中的影響，不過每個人都直率地對我立下的小小功勞表示祝福。

感覺他們在前世不是那麼親切的傢伙……如果是經過之前的校慶才變成這樣，那這也算是我為了提升紫条院同學對我的好感度，而進行各種努力所帶來出乎意料的附加效果吧。

靠這支隊伍獲勝，跟這些傢伙分享勝利的喜悅確實讓人感到愉快。

「好吧……既然大家都這麼說，我也開始覺得可以狂歡一下了！到剛才都沒有獲勝的真實感，只能愣愣地發呆，現在我也要大叫了！」

「嗯，叫吧叫吧！」

「太慢了吧！大家早就當場放聲大叫了！」

我聽著大家的調侃，同時用力吸了一大口氣。

「太棒了啊啊啊啊啊啊！贏了喔————！」

在隊友的包圍中，我握緊拳頭擺出勝利姿勢，從我嘴裡發出的勝利怒吼也在操場上迴盪。

*

「呼……水太好喝了……」

我在操場邊緣的飲水機前面滋潤著自己乾渴的喉嚨。

剛結束的比賽帶來的熱氣尚未從身上褪去，彷彿喝醉酒般的激昂感也還殘留在胸口。

「……大家都很開心呢。」

我回想起因為剛才的勝利而沸騰的隊友們。

前世的時候，不只有這次的球技大會，只要是所有關於運動的活動都只有悲慘的回憶……

像剛才那種熱絡的模樣，讓我覺得自己的努力有了回報。

「即使是不擅長的事情也要試著努力看看……」

「對啊對啊！真的是有努力就有收穫！尤其是肌肉方面！」

「哦哇！筆橋同學！」

突然從背後向我搭話的，是這次給我最大幫助的短髮運動少女——筆橋舞。

「我看了比賽，新濱同學真的表現得很好！我很感動！」

就像要表示當你的教練我感到很欣慰般，筆橋很開心地繼續說著。

平時就元氣十足的這個傢伙，現在更是處於亢奮且情緒高漲的狀態。

「連普通飛球都接不住的那個新濱同學在最後的最後接住那麼困難的球……真的是太有骨氣了……！就好像稍早之前還只能踉踉蹌蹌走路的雛鳥突然飛上天空一樣，讓我內心充滿了感動……嗚嗚……！」

「別真的眼角噙淚啊！還有那種有點失禮的褒獎方式是妳的習慣嗎？」

雖然無法否定像是踉踉蹌蹌的雛鳥這件事！

「不過呢，我真的很感謝筆橋同學。老實說沒有那種斯巴達式……不對，是紮實的特訓，我應該接不住那一球。」

「能聽你這麼說，當教練的我就覺得值得了！啊，開始對運動有興趣的話要不要加入田徑社？」

「抱歉，這就No thank you了。」

婉拒對方不著痕跡的邀約後，筆橋就感到很可惜般發出「嘖～」一聲。

抱歉了筆橋。雖然這次的活動讓我討厭運動的意識稍微減輕了一些，但還是再次讓我理解自己完全沒有運動天分。

「不過真的讓我看到一場精采的比賽了！因為不擅長運動的新濱同學竟然能展現如此充滿幹勁的接球！哎呀，戀愛的力量真是太強大了！從紫条院同學幫你加油的瞬間，動作和拚勁就完全不一樣了！」

「咦……！等等，我確實是充滿幹勁，但是動作有什麼不一樣嗎？」

「嗯！感覺就像發條玩偶安裝了強力馬達一樣充滿了力量！應該是下意識之中吧，不過你從嘴裡發出『呼哦哦哦哦哦哦哦哦哦！』的聲音喔！」

「真的嗎？嗚哇，太丟臉了吧────！」

完全沒有這樣的自覺，但是沒想到在旁人眼裡看起來是這種蠢樣……

「不過……老實說有點羨慕紫条院同學呢。大家雖然都會喜歡上某個人，但是我覺得意志如此強大的人應該很少才對。」

「是這樣……嗎？」

「嗯，從未交過男友的我這麼說似乎沒什麼說服力，不過絕對是這樣！然後你的這份情感絕對會傳遞出去！身為教練的我跟你保證！」

筆橋同學如此斷言，她臉上的笑容充滿運動少女的爽朗，給我的心增加了不少的勇氣。不過，這傢伙真的是個好人耶……

「哎呀！真命天女好像來了，我這個電燈泡也該冷靜地離開了！那等一下見嘍！」

突然留下這句話後，筆橋就迅速離開現場。

嗯？這傢伙還真忙啊——咦？

就像跟她交替般從對面跑過來的是——

「新濱同學——！終於找到你了——！」

「咦……？紫条院同學！」

我不可能會認錯自己的意中人。

但即使如此還是懷疑起自己的眼睛，完全是因為紫条院同學的眼睛比平常更加閃亮，而且整個人處於興奮狀態。

然後——因為驚訝而僵住的我，手就被某種光滑柔軟的東西包住了。

「呼哦哇……！」

靠近我的眼睛與鼻尖的紫条院同學，以自己雙手包裹住般的姿勢握住我的雙手——腦袋延遲了一會兒後才認識到這樣的事實。

「太厲害了！在最後的場面竟然能奪下如此戲劇化的勝利！讓觀看比賽的我感到興奮無比……！」

依然握住我雙手的紫条院同學不停上下揮動手臂。

雖然雙手感覺到天使手掌的感觸就像絲絹般充滿刺激性，但是腦袋卻跟不上對方的速度。

「紫……紫条院同學……！雖然很高興，但這陣搖手是怎麼回事？」

「咦？是稱讚你在壘球比賽有好表現的儀式喔。我是聽筆橋同學說『對新濱同學這麼做他會很高興……』。」

撤下這種漫天大謊的就是妳嗎筆橋——！

不過我會很高興倒是真的，所以原諒妳了！幹得好！

「總之真的很厲害！厲害中的厲害！」

糟糕，紫条院同學的詞彙變得比期末考的時候還要少了。

那種興奮的程度就跟某老虎球團獲得優勝時的大阪市民一樣。

「最後的時候我整個身體發熱，高興到忍不住當場跳了起來！明明被手套彈開了，卻毫不放棄直接用手去抓球，當我了解這一點時，只感覺到胸口一片火熱……！之後其他隊友去恭喜新濱同學也讓我很感動！」

可以感受到處於從有史以來最興奮狀態的紫条院同學，正由衷地祝福我努力所獲得的成果。

符合紫条院同學喜歡團結與青春活動的個性，她似乎很享受這次的比賽。

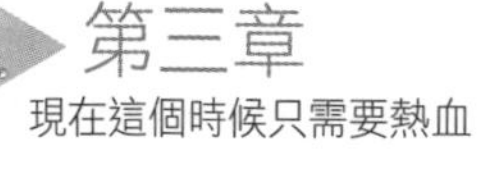

「而且……真是太好了！獲勝後大家當然都很開心，更重要的是新濱同學臉上也露出很高興的表情！」

傳達了一陣子感動的心情之後，紫条院同學突然看著我的臉做出這樣的發言。

「咦……？很開心……？」

「是啊！到今天下午為止看起來都很緊張……不過最後的比賽開始時，我覺得你就開始享受比賽了！跟其他人一起幫打者加油，隊伍得分時還高興到跳起來……看起來真的全神貫注在剛才那一場比賽當中！」

聽她這麼一說……比賽開始之後我雖然緊張，卻不像前世那樣害怕失敗而胃痛，也沒有希望這樣的比賽能夠盡早結束。

對於持續躲避所有運動的我來說，這或許是極具革命性的事情。

「是啊……其實我連一點運動天分都沒有，所以很不喜歡球技大會。不過……在進行最後一場比賽時，除了想獲勝之外確實也有能參加那支隊伍一起打比賽真是太好了的想法。」

那全是託筆橋幫忙特訓，以及不知不覺間變得極容易相處的隊友們的福。

不過……說起來原本不擅長球技的我努力精進技術的理由……

給予我對那場比賽的強烈動力的是——

「紫条院同學，今天謝謝妳幫忙加油。最後的時候直接出聲幫我打氣，我真的很高興……

讓我打起十二分的幹勁。託妳的福，我才能在最重要的時刻立下了功勞。」

「啊……是的，那時候渾然忘我而終於忍不住叫出聲音，看來確實傳到新濱同學的耳裡了……就算再怎麼專注於比賽，發出那麼大的聲音還是有點太粗魯了，說起來真是不好意思……」

臉頰微紅的紫条院同學像是很害羞般縮小了音量。

「但是，看見拚命奔跑的新濱同學……實在沒有辦法忍住不大叫。」

紫条院同學臉頰上殘留著害羞的紅暈並且露出微笑。

表現出她宛如清澈流水般心靈的發言與笑容實在太過可愛，感覺心靈都受到了洗滌。而我也再次迷戀上她。

光是能看到紫条院同學這種能把疲勞全部趕跑的表情……感覺這次挑戰運動白痴這種詛咒的艱辛就完全得到回報了。

「那麼，大家都在等待，我們回教室去吧！老師好像要請大家喝果汁！」

「嗯，走吧。不全員到齊的話就無法乾杯了。」

我感覺到令人舒服的疲勞，同時跟紫条院同學一起往前走。

在這樣的情況中突然想到……這次的自己就好像完全按照運動漫畫的樣板來發展。

開始練習的理由是喜歡的女孩子，因為這份感情才能撐過艱辛的特訓，克服下意識等級的弱點並且跟隊伍合作來戰鬥，最後靠著幹勁在千鈞一髮之際贏得勝利。

至於身為從頭到尾嘗過一遍這種故事發展的人有什麼感想嘛——

（嗯，這個嘛……）

偶爾也會覺得——上輩子不要說是弱點了，根本算是敵人的熱血特訓也不錯嘛。

幕間 暑假開始

「第一學期終於結束了嗎……」

球技大會這項最後的活動也結束了，今天來到了結業典禮的日子。

剛才在體育館集合，按照慣例聽完校長的金玉良言，回到教室的同學們都因為明天即將開始的暑假而興奮不已。

「到海邊去獵豔然後交個女朋友吧！」

「對了，帶睡衣到我家集合！邊吃零食邊聊到早上吧！」

「男人就是要默默地瘋狂打電動！所有人拿PSP來舉行魔物獵人祭典吧——！」

光是稍微環視了一下周圍，就看到班上到處都是熱烈聊著暑假計畫的同學。每個人都因為一年一次的特別期間而雀躍不已。

（暑假嗎……有種非常懷念的感覺。當初會因為寫不完暑假作業而大聲求饒，或者羨慕能跟女友一起度過假期的傢伙之類的。）

但到了現在，只會以溫柔的眼神看著周圍顯得異常興奮的同學。

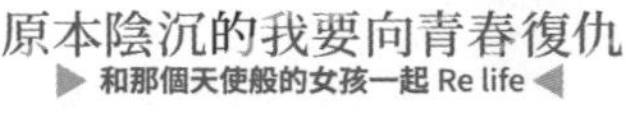

看著眾人因為只會有一次的高二暑假而喜不自禁的模樣，不知道為什麼就出現很溫暖的心情。

「那這家店如何？聽說可麗餅很美味喔！」

「唔嗯，我覺得不錯啊。價格上來看也不會太傷高中生的荷包。」

「非常棒！女孩子們一起吃可麗餅……這是我連作夢都會出現的情境，我高興到快哭出來了……！」

「咦咦……？有……有那麼誇張？」

一看之下，紫条院同學也跟筆橋還有風見原聚在一起很開心般討論著什麼。

看來是討論暑假時預定舉行女孩聚會的事情，現在正在商量作為會場的咖啡廳。

對於原本一直沒有熟稔好友的紫条院同學來說，這應該是比任何事情都讓人開心的預定吧。

（話說回來……筆橋跟風見原一起來找我交換信箱時真的嚇了一大跳……）

之前球技大會的比賽之後——她們兩人就突然往走這裡走過來，而且還提出「新濱同學，我們換一下！／交換信箱吧」的提案。

這讓我再次實際感受到筆橋對於男生也能以極其輕鬆態度這麼說的開朗個性，以及風見原那種我行我素態度，由於也沒有拒絕的理由，於是我們就交換了信箱。

「嗯，之所以會突然提出這種要求，是因為身為朋友的我想幫新濱同學的戀情加油。要是入手關於春華的什麼有用消息或者照片就傳達給你知道，請感謝如此親切的我們吧。」

「當然我的理由也一樣喔！今後為了增進你們兩個人的感情，必須要有聯絡的手段！哎呀，像這樣的任務好像戀愛漫畫，真是讓人心跳加速！」

聽見身為紫条院同學朋友的兩個人做出這樣的提案，我當然是求之不得，真的非常感謝這輩子才成為朋友的兩人。只不過……

「剛才說的一半是真心話，另一半是想確保聯絡手段，在第一時間打探我戀愛的八卦……我沒說錯吧？」

我半瞇著眼睛這麼問完，兩人就浮現心虛的表情，在帶著苦笑的情況下像是想把事情蒙混過去般視線到處游移。

看來正如我的預測，想幫朋友加油的心情以及想偷窺的慾望各占了一半。

嗯，對女高中生來說，別人的戀愛是最棒的娛樂，所以這也是沒辦法的事。

（不過……說起來從明天開始就一直放假嗎？到底要怎麼度過這一段時間呢……）

由於上輩子待在幾乎無法休假的超黑心公司，所以超過一個月的長期休假對我來說實在沒有真實感。

休假是罪惡、休假是偷懶，只有放棄休假才算社會人士——因為待在那種瘋狂的世界，讓

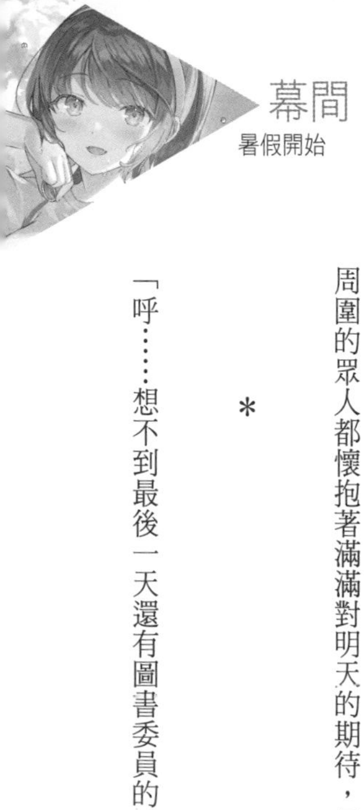

我完全不知道該如何度過漫長的休假。

為了將來，原本就打算準備功課，也準備幫媽媽做家事……但除此之外就沒有其他預定了。

（但是……真要說的話……）

稍微瞄了一眼正開心地跟朋友聊天的紫条院同學。

她天真爛漫的笑容就跟平常一樣吸引並且融化了我的心。

光是在旁邊看身體就湧出驚人的活力，所有的疲勞都得到治癒。

每天都能在教室裡見到這名珍貴的少女，但明天開始將有一陣子無法看到她了。

這是極為正常的事情，應該從以前就知道了……但是當明天就正式開始時，就感到非常依依不捨。

（這個夏天期間……也想跟她見面。）

周圍的眾人都懷抱著滿滿對明天的期待，只有我一個人在心裡這麼呢喃。

*

「呼……想不到最後一天還有圖書委員的工作。都這麼晚了。」

「啊哈哈，暑假時學校的圖書室會有三年級的學生來讀書，其實好像有很多人會來使用。能夠完成最後的整理真是太好了。」

第一學期結束後放回學家的路上，我跟紫条院同學並肩走在一起。

雖然不是平常就每天都像這樣，不過放學後完成圖書委員的工作之後，像這樣一起回家就自然而然地成為慣例。

「……像這樣一起走在回家路上，就會想起很多事情。」

走在旁邊的紫条院同學突然像是感到很懷念般這麼說道。

「已經是兩個多月前的事情了……就是放學後我被幾個女孩子威脅，而新濱同學救了我的那一天。」

「啊……已經過那麼久了嗎？」

那是我穿越時空當天發生的事情。

即使對只能說是奇蹟的超常現象感到困惑，還是發誓第二次的人生絕對要幸福的那一天。

也是我跟自己所憧憬的，名為紫条院春華的少女隔了十二年後再次相遇的那一天。

「現在回想起來，新濱同學就是從那一天開始有了巨大的變化。跟之前的日子比起來簡直就像換了一個人般變得極為堅強，真的讓我嚇一大跳。」

或許是回想起原本個性陰沉，某一天突然被安裝了社畜經驗的我吧，紫条院同學先是發出輕笑聲，然後懷念起剛過去不久的日子。

「從那之後，覺得每一天都過得很充實。老是被新濱同學展現的超強行動力與堅強的心給嚇到……然後，我的高中生活也託你的福而開始閃閃發光。」

少女大大的眼睛稍微瞄了我一眼。

繼續晃動著長長的黑髮，少女亮麗的美貌露出溫柔的微笑。

「等等，沒有那麼誇張……」

「不，一點都不誇張。」

原本想說妳太過獎了的我，話才說到一半就被紫条院同學打斷了。

在這麼短的期間內有了許多經驗的少女，把自己的想法清楚地說了出來。

「比如說，剛才我跟首次交到的兩個女生朋友約好一放暑假就要立刻去咖啡廳聚會。對像這種女高中生會做的事情有所憧憬的我來說，真的是很開心的事情……不過，能跟美月同學還有舞同學成為朋友，也是因為新濱同學努力讓校慶攤位成功的緣故。」

「這個嘛……我或許創造了契機啦……」

儘管她對另外兩個人的稱呼有所變化讓我感到驚訝，我還是開口這麼回答。在我對校慶沒有什麼貢獻的上輩子，紫条院同學確實沒有像她們兩個人那樣的好朋友。

但是對我來說，原本只是不想讓紫条院同學期待的活動只得到半吊子的結果，完全沒有想到會帶來這種額外的成果。

「這一個學期裡面，真的很感謝新濱同學幫了我這麼多忙。而且更重要的是……想跟新濱同學說，能一直跟你在一起真的很開心。」

「……嗚！」

即使是在明亮的夏天，還是受到帶著鄉愁的黃昏影響吧，只見紫条院同學以比平常更加靜謐的面容恬靜地這麼呢喃著。

平常那種天真爛漫的發言，像這樣以平穩的口氣說出來後又帶有不同的破壞力……加上高雅的淺笑，更是完全貫穿了我的心。

「這……這樣啊……聽到妳這麼說我也很開心。真的……很開心。」

回想起穿越時空首日，讓我強力意識到前世的現在。這樣的想法就更加強烈。

想到上輩子的我，能像現在這樣理所當然般走在紫条院同學身邊，而且還對我表現出如此純粹的善意，就覺得這一切實在太過神奇，讓我的胸口滿是感動。

（即使只有一個學期的時間……對我來說已經是足以流下淚水的奇蹟了。）

到現在仍不清楚我穿越時空的理由與意義。

或許就這樣直到第二次的人生結束都還是個謎，也或許某一天這個世界就突然像虛幻的夢境般消失無蹤。

但是不論如何……託這段比任何東西都要珍貴的黃金歲月的福，我才能真實地感受到前世完全無緣的人生喜悅。

光是這樣——我認為這第二次的人生就具備令人愛戀的價值了。

「哎呀……來到分岔路口了。」

「啊……嗯，是啊……」

紫条院同學的家在郊外，我家則是距離學校比較近的住宅區。

因此能一起回家的路線當然只到半途，之後就得各自踏上歸途。

而現在已經來到分道揚鑣的路口了。

「那麼……紫条院同學。放假期間要注意身體喔。」

「好的，新濱同學也……請好好想享受假期。」

就跟這個學期能一起回家的時候一樣，我們說出平常分開時的告別辭。

但是跟平常不同的是，明天起有好一陣子見不到紫条院同學了。

「…………」

因為已經互相告別了，我應該踏出腳步了才對。

但是腳卻動不了。

明天起就看不到紫条院同學了——這當然是沒辦法的事情，但是無法壓抑的寂寥感卻把我的雙腳釘在地面上。

這輩子一路建立起的「平常」必須暫時中斷的依戀，讓我像個笨蛋一樣呆立在現場。

在自己也不清楚究竟想怎麼樣的情況下將視線朝紫条院同學移去後，驚訝地發現她也仍待在現場沒有離開。

像是不知道該說些什麼般低著頭，只是一直凝視著地面。

在悶熱夏天仍然明亮的傍晚當中——我們籠罩在不可思議的沉默裡面。

「那……那個！紫条院同學！」

「是……是的！」

我平常在跟紫条院同學說話時，總是因為害怕被她討厭而專心斟酌著用詞遣字。這或許也是持續窺探他人臉色的社畜生活所養成的習慣吧。

但現在這個時候，真的是因為衝動而直接把話說出口。

這個時候我才首次自覺到，這兩個多月裡我已經能辦到社畜時期的自己所辦不到的事情了。

「那個……難得交換了信箱，放假期間，我可能會傳很多簡訊給妳！說不定還會打電話過去！那個……只要妳有空的時候就可以了，如果能夠給我回覆，我會很高興。」

我一氣呵成地叫出內心湧出的想法。

把「放假期間也要跟我保持聯繫」這個簡單的願望傳達出去。

「嗯……嗯！那是當然了！」

我的話讓紫条院同學抬起低著的頭並且露出喜色。

剛才的沉默就像作夢一樣，少女以興奮的聲音表示：

「別說有空的時候了，我會隨時等待你的聯絡！不論收到多少訊息我都會回覆，應該說我可能也會傳一大堆簡訊！所以，那個……放假期間也請多多指教！」

「……！是啊，沒錯！這個暑假也請多多指教，紫条院同學！」

我用盡全力做出回答後，紫条院同學再次露出花朵綻放般的笑容。

看見她這種模樣……我就理解到少女同樣也有不少依依不捨的感情，內心充滿了溫暖的喜悅。

就這樣——我今世首次的暑假，就在內心帶著愉快與不少期待的心情下開始了。

第四章 這次絕對不背叛妹妹的笑容

「為什麼不願意辭掉那種公司……？」

葬儀場的一室裡，身穿喪服的我茫然聽著妹妹的話。

我無法對站在眼前的香奈子做出任何反應。

無法接受眼前無機質的棺材裡收納著母親遺體的事實，感覺就像在作惡夢一樣。

死因是心肌梗塞。

負責的醫師表示應該是慢性的壓力造成心臟衰弱所造成。

「媽媽總是在說，你越來越瘦把身體都弄壞了，不論什麼時候聯絡你都很忙，讓她很擔心。」

香奈子以哭腫的眼睛看著我說道。

應該一直累積在胸口的憤怒，以讓人不忍直視的方式滲出。

「就是一直像這樣擔心你，最近十幾年媽媽的臉上都沒有笑容。尤其是這幾年身體逐漸變得虛弱……每個醫生都說受到壓力的影響相當大……我也認為只有這個原因……！」

穿著黑色喪服的香奈子，以成長的美麗容貌訴說著我的罪過。

訴說著我無法被原諒的愚蠢。

「我不知道跟你說過多少次了吧？要你離開那間黑心的公司！要你別再讓媽媽擔心了！但是你都不聽！明明知道自己的公司跟垃圾一樣，卻因為改變現狀太過痛苦而什麼都不做！」

她說的一點都沒錯。

我很久以前就發覺自己上班的地方很糟糕了。

但是卻什麼都沒做。

因為要為了改變而擠出思考力與行動力實在太痛苦了。

「你為什麼老是這樣！跟以前一模一樣！又陰沉又猶豫不決，不伸手追求重要的事物而是什麼都不做！什麼都不想只是配合別人，被人用完就丟真的那麼輕鬆嗎？」

從如此大叫的妹妹眼裡湧出的淚水，濡濕了葬儀場的地板。

而我連一句話都無法回答籠罩在悲嘆與憤怒之下的妹妹。

根本沒有資格回答。

「即使縮短媽媽的壽命也要把自己的人生奉獻給垃圾公司……你到底想做什麼？你只要在某個時候有所行動，媽媽說不定就不會這麼早過世了……！」

我只能接受她抱怨的聲音。

每當妹妹的眼淚滴落，我的心就會被沉重的罪惡感撕裂。

「……為什麼……為什麼這麼笨呢……！」

這就是——前世跟香奈子之間最後的記憶。

也是家族離散，所謂的新濱家完全消失的瞬間。

*

「好熱——真的是夏天。」

「嗯，夏天到了……是得花錢對抗日曬的季節……」

我的學校進入暑假後又過了一陣子的某一天。

在氣溫足以讓柏油路面冒出熱氣的天候中，我跟香奈子一起走在街上。

我是便宜的短袖T恤與棉褲的打扮，香奈子這傢伙則是橫條紋的露肩T恤以及牛仔短褲這種國中生辣妹般的穿搭。

身為哥哥的我覺得即使是夏天，把肩膀&腳露出來也不太好，但是……

「咦？別阻礙妹妹的『可愛』好嗎，老哥？女孩子被阻止打扮是會死掉的喲。」

聽她這麼一說，我也沒辦法再多說些什麼了。

嗯……我承認是很可愛而且很適合她啦。

「不過突然就說『陪我一起出門吧！』，還以為妳要做什麼呢，原來是購物要我幫忙拿東西啊……」

「有什麼關係嘛。反正暑假你也沒事做吧？沒有什麼比能跟這麼可愛的妹妹一起走在街上更有意義的事了。」

綁馬尾的妹妹發出「嘿嘿嘿」笑聲的模樣確實像小惡魔一樣可愛。

原來如此，可以理解她在學校為什麼會大受男生的歡迎。

「真是的……不過，也算再次確認女生購物真的很花時間就是了。」

今天逛了幾家流行服飾店，心猿意馬的妹妹一下子說這個可愛一下子說那個可愛，總之品評商品真的花費了許多時間。

而且經常出現最後什麼都沒買就離開店裡的情形，跟花費的時間比起來，我手上提的今日「戰果」還只有一個紙袋的分量。

「啊——那是NG的發言喔！應該說，哥哥要更了解一些女孩子對購物的熱情才對！」

「熱……熱情……？」

「沒錯！購物是女孩子的享受！而且跟男生不一樣，煩惱的時間才是最開心的！像是『那個好可愛！』或者『這個好貴！』等等，最喜歡像這樣把購物拿來當成話題熱烈地進行討論了！這是女孩子永遠不變的生態，不論男孩子覺得多無聊都要笑著在旁邊看才行！」

「呃，喔……」

香奈子大師跟平常一樣的指導讓我不停地點頭。

不過呢，連「女孩子永遠不變的生態」這樣的強力字眼都用上了，我想應該是真的吧。

「還有剛才我問『哪個才適合我？』的時候，你的反應只有五十分！『這個比較適合香奈子的形象』的回答本身算是不差，但女孩子這麼問的時候需要的是『認同感』！因為也希望男孩子一起煩惱哪一種才適合自己，你必須加長思考的時間，營造出認真思考的感覺才行！」

「什……還……還有這種隱藏的重點嗎……？」

我原本只是按照直覺回答自己認為適合香奈子的選擇……

也就是說立刻回答的話看起來就不像認真思考嗎？

「啊，還有呢。老實說，詢問『哪邊比較好？』的時候，女孩子大多已經決定好要選擇哪一邊了。」

「啥？那為什麼還要問男生？」

「最大的理由就是我剛才說過的『希望男友也一起煩惱』，另外也有時候是希望得到『贊同購買的發言』。其實已經決定是A了，但東西不便宜，實在沒辦法下定決心……所以有時候是希望有人在旁邊說一聲『A不是不錯嗎？』。順帶一提，成功猜中的話可以獲得提升好感度的獎勵！」

「咦咦……哪有這樣的，是要男生變成超能力者嗎？」

如果是美少女遊戲，正確選項是隨機決定的話，玩家可是會暴怒喔。

「這是有很多對應方法的……我建議以『妳心中的第一候選是哪一個？』來問出答案，再加以『嗯，我也覺得這個很適合妳！』來推一把的組合技。當然也能以注視哪一套衣服的眼神比較熱烈之類的來實際進行推理。」

「不過是買個東西，還有那麼多要注意的項目啊……」

女生的購物太恐怖了……

原本以為約會的情侶不過是在享受打情罵俏的粉紅空間，想不到暗地裡還進行著這樣的測驗啊……？

「嗯，其實只要認真回答就不用在意那麼多了啦。只因為猜錯哪邊比較合適的猜謎就生氣的女孩，就連我都覺得太不講理了。」

「聽妳這麼說我就稍微放心了……等等，我們也流太多汗了吧。要不要到咖啡廳休息一下？」

或許是持續跑步的成果吧，我的體力仍相當充裕，但香奈子看起來已經有點疲憊。要是中暑可就不妙了。

「要要要！對了，基本上就是要像這樣展現貼心的一面啦，老哥！說來說去還是溫柔最重要！啊，這時候要是請女生吃聖代的話好感度將會大幅提升，馬上就來實踐看看吧！」

「那只是妳想吃而已吧！」

要人拿著行李到處逛，現在竟然還想敲竹槓！

「嘖，被識破了嗎！不過有什麼關係嘛！老哥能夠有一個如此可愛的妹妹，就有義務請吃聖代來當成代價啊！」

「這個露肩國中生真的很喜歡胡說八道耶！說起來，妳這傢伙最近午餐與晚餐都吃一大堆吧！再吃聖代的話會變胖喔！」

「等等，這種話能說嗎？直接就說出對女孩子的最大禁句？說起來還不是老哥因為暑假時間比較寬裕，做了什麼義大利風吉列豬排還有蘑菇醬牛肉等美食，這都是你不好！」

「每次都吃兩碗飯的傢伙別把責任推到別人身上，笨蛋！」

不在意周圍的眼光開始吵起架來的我們，就在人來人往的大街上不停地爭論著。

然後……這樣的情形就一直持續到雙方感覺衣服因為大量汗水而變得沉重，產生「在這種熱死人的天氣之中到底在搞什麼……」的醒悟後才結束。

*

「啊……真的好熱……真是的，少女竟然出現汗臭味……」

在冷氣相當強的咖啡廳裡，坐在我對面的香奈子一隻手拿著冰紅茶，同時以疲憊的聲音這麼說道。

「在熱死人的天氣裡愚蠢地爭論，因此而浪費了水分……雖然有點事到如今的感覺，不過日本的夏天也太熱了吧。」

知道未來夏天的最高氣溫還會上升，毫無防備的話真的會致命的日子將會增加的我，這時候覺得有點憂鬱。

因為暑氣是跑業務時的大敵啊……

「對了，這樣購物行程應該結束了吧？說要我來提東西，還以為妳要買一大堆呢，結果只有一點點嘛。」

「要是有錢的話，我想要的衣服還有首飾也是永無止盡啊。就算是萬人迷國中生香奈子，還是難以克服金錢方面的困境……啊啊真是的，如果可以跟全世界公開我可愛的容貌，然後像香油錢那樣收取美少女觀賞費就好了……」

「喂喂，妳在說什麼蠢話——」

話說到一半，我就想起未來確實有美女或者帥哥的直播主以自己的容貌作為武器，從觀眾那裡獲得俗稱為打賞的收益。

……真的不知道世界上會實現什麼事情呢……

「不過呢，今天的各種細節你可要好好記住啊，老哥。就算再怎麼宣揚男女平等的觀念，女孩子還是會跟男孩子尋求倚靠。約會時基本要保持開朗、溫柔還有從容的態度。尤其是處男遇見突發狀況時總是容易慌了手腳。」

雖然願意接受建議，但目前是在店裡，妳也該慎選用詞遣字吧……！別隨便就冒出處男什麼的話來啦！

「真受不了妳這傢伙，老是說什麼處男處男的來瞧不起人……」

「哎呀，其實就連我也沒跟男孩子牽過手喲。」

「啥？」

「咦？」

面面相覷的我跟香奈子不停眨著眼睛。

咦，不是吧，等一下。

「喂喂喂喂！妳這傢伙老是在說自己有多受歡迎對吧！每次給我的建議不是都來自於自己

交往過的經驗嗎？」

「噢，嗯，確實是很受歡迎沒錯，至今為止被十幾個人告白也全部都跟他們交往了喲。但是途中一定會出現『好像不太對』的結論，大概五分鐘到一個月左右就全部都分手了。」

「喂，太快了吧！應該說，五分鐘的傢伙根本不能算交往吧！」

這麼說來……交往人數雖然多，但不是每一個都能稱為戀人的關係，只能算是試著交往嗎？

「然後看見我這個樣子，學校就出現『不停更換男友的戀愛大師』這樣的謠言，來找我做戀愛諮詢的女孩子也變多了。不停完成這些任務後，託自己的經驗與各種經驗談的福，開始了解許多事情。就好像律師承接大量離婚諮詢後，變得能夠理解夫婦的心理一樣。」

原本覺得以國中生來說她的經驗也太豐富了，原來是這麼回事啊！

難怪完全沒有感覺到男朋友的存在！

「那就表示……嘴裡老是笑我是處男，其實在男女關係方面，妳自己也只是紙上談兵的生手嘛。」

「建……建議實際上能派上用場就可以了吧！老哥你自己也因為妹妹不是玩咖而有點鬆了一口氣吧？」

「嗚咕……」

難得露出慌張模樣的香奈子把臉別到一邊去。

而她說的一點都沒錯。

香奈子要跟誰交往我是沒有什麼意見……不過仍不是某個人的女朋友而是我的妹妹這件事仍讓我感到有點安心。

也就是說，我不希望這輩子才好不容易拉近距離的妹妹被某個人占有。

「好了，別再說我的事了，聊聊紫条院小姐吧！之前還說出尚未交換信箱這種蠢話，真的讓人有點傻眼……之後應該順利交換到了吧？」

就跟平常詢問我的戀愛情況時一樣，香奈子在眼睛閃閃發亮的情況下探出身子。綜合剛才所說的話……跟自己的戀愛比起來，這傢伙在聊到別人的戀愛時才會比較興奮吧。

「嗯，這件事情已經確實完成了。不但已經交換信箱，還頻繁地互傳簡訊喔。」

「哦哦哦哦哦！很有一套嘛，老哥！原本是打算你說還沒時，就要大罵『這個沒用的處男！』並且狠踢你的屁股！」

妳這是什麼恐怖的想法啊……

「只不過……紫条院同學的爸爸時宗先生詢問她是不是跟我傳簡訊時，她好像笑著回答『是的，沒錯！』……」

「咦……她爸爸不就是那個過度保護的社長？這……這樣沒關係嗎？」

「嗯，他沒有阻礙我們互傳簡訊。不過……紫条院同學在客廳傳簡訊時好像會苦悶到不停抖動，不然就是發出『嗚咕哦哦哦哦……』或者『咕嗚嗚……』的古怪呻吟聲。無論怎麼想都是以『女兒跟那個小鬼和氣融融地互傳簡訊，我哪受得了啊啊啊！』的感覺詛咒著我……」

「噗呼……！等等，那是什麼啊！伯父的反應也太簡單易懂了吧！啊哈哈哈哈哈哈！老哥的戀愛故事還是那麼有意思！」

覺得事不關己的香奈子輕鬆地笑著。

真是的……我現在可是很害怕下次見到時宗先生的時候啊……

想像過度保護女兒的爸爸那「對於接近我女兒的畜生產生的怒氣表」正像深夜計程車的費率一樣每天不斷上升的模樣，我就覺得鬱悶而嘆了一口氣。

「啊～太好笑了……老哥你真的有太多哏可以聊了……」

爆笑到流眼淚的香奈子不停喘息來調整呼吸。

雖然每次都是這樣，不過這個妹妹聊到哥哥的事情時都笑得太過分了。

（嗯，沒辦法跟她說，這對我來說是一種幸福就是了……）

老實說……自從開始重新過這輩子後，我有點煩惱該如何跟前世沒有什麼交流的香奈子相處。

而最後是希望能夠跟前世有不同的關係，因此決定先從以哥哥的身分自然地跟她搭話開始。

結果就是前世不過像是住在同一間房子裡的同居人一樣的香奈子，開始會在我的眼前露出笑容了。

這是我這輩子贏得的，具有像是寶石般價值的成果之一。

「呼……老哥啊。」

「嗯？怎麼了？」

啜了一口冰紅茶後，香奈子不知道為什麼壓低了聲調。

然後我便稍微屏住呼吸。

因為妹妹的臉上沒有平時那種開朗天真的模樣，不知道為什麼浮現出神祕的表情。

「我呢……現在真的很開心。」

「為……為什麼突然這麼說？」

「老哥變開朗之後，家裡有了很大的改變。媽媽也總是看起來很開心……我也覺得很愉快。」

「這個嘛……因為我希望媽媽能夠笑口常開啊。」

讓媽媽過輕鬆、幸福的人生——這是我這輩子對青春復仇的重大目標之一。我因此而積極地幫忙煮飯洗衣等家事，也努力提升自己的成績。

然後有一天，媽媽突然對這樣的我說：

「幫忙做家事，還有開始努力用功讀書，這些當然都讓媽媽很高興……但最高興的果然還是心一郎對自己有信心了。」

「長大成人後會遇見許多辛苦的事情，媽媽很擔心心一郎會被那些事情壓得喘不過氣來……認為這樣這個孩子也可以好好走在人生道路上這件事，真的讓我非常開心。」

在今世每次跟媽媽說話都會忍不住哭泣的我，這個時候流下了比跟媽媽重逢時更多的淚水。

心裡想著為什麼上輩子可以對如此愛我的人做出那麼殘忍的事情呢——眼淚也因此而停不下來。

「然……然後老哥，我只說一次你要聽仔細嘍。」

香奈子像是很害羞般眼神不停游移並且這麼說道。

怎……怎麼了？這傢伙到底是怎麼回事？

「我很高興喔。能夠跟老哥像小時候那樣互相訴說想說的事情，然後開開心心地相處。」

「咦……？」

「老哥呢，不知不覺間跟我有了隔閡對吧。你覺得自己是黑暗世界的居民，而妹妹則是在閃亮的光之世界對吧？」

關於這一點，她完全說中了。

前世的我是典型的陰鬱傢伙……所以為了不讓個性開朗的香奈子感到討厭而主動跟她拉開距離。香奈子跟我這種活在陰暗處的人不一樣，所以不應該跟我扯上關係——當時的我是這麼想的。

「沒有啦……因為……像妳這麼漂亮、開朗在學校又那麼受歡迎……妳自己應該也覺得我是個死氣沉沉的傢伙吧？」

「我確實覺得老哥是陰鬱的阿宅喔。但是——就算是這樣，我也不討厭你啊。」

「咦——」

意料之外的發言，讓我的意識產生一瞬間的空白。

不討厭……我？是指上輩子那個畏畏縮縮又陰暗的我嗎？

「即使是變成像現在這樣開朗前的老哥……只要跟以前一樣跟我扯些沒營養的事情，或者約我去房間打電動，我也都會陪你的啊。」

我茫然聽著香奈子所說的話。

原本以為這輩子跟妹妹建構起來的良好關係，是我脫離上輩子的陰沉個性，開始能清楚地表達意見後才贏得的獎勵。

但是實際上妹妹躲避著陰鬱又沒用的哥哥只是我自作主張，就算我仍然是陰鬱的個性，只要勇敢跨出一步，隨時都能跟兒時一樣跟她說話——她是這麼說的。

「嗯，其實我自己也一樣。我不知道是不是要主動接近避著我的老哥，結果只能一直原地踏步。其實我絕對可以主動說一句『來聊聊戀情吧老哥！然後一起出去玩吧！』。」

「香奈子……」

這時我才知道自己根本一點都不了解她。

過著閃耀人生的香奈子，一定會覺得我這個陰暗的老哥很礙眼吧……我一直如此深信。

作夢也沒想到，香奈子其實是想回到能夠跟平常一樣說話的關係。

「所……所以呢，我想說的是……！老哥變開朗，然後能像這樣無話不聊，恢復成我們孩提時期的氣氛，那個……我覺得很高興，也心懷感謝！啊……真是的！我再也不會說這麼害羞的事情了！」

伏下羞紅的臉，香奈子像豁出去一樣大叫著。

「……妳不會是……今天下定決心要跟我說這些話……才用提東西作為藉口？」

「真是的————！為什麼第六感只有這種時候才這麼敏銳？這樣不是更令人害羞嗎，笨蛋老哥！」

覺得失去平時從容開始生氣的妹妹很可愛的同時，我也理解自己前世犯下的罪變得更重了。

（這輩子的香奈子是這麼想的話……前世的香奈子至少到國中時期都還是有同樣的想法……吧……）

「為什麼……這麼笨呢……！」

迴盪在我腦海的，是前輩子妹妹所說的最後一句話。

如果香奈子從以前就討厭個性陰暗的我，那個時候像是詛咒般的發言就只會刨開我的心而已。

但是，如果她根本沒有討厭我的話。

夢想著像孩提時期那樣互相大笑的日子有一天能夠再次到來的話——那麼那個時候成年的香奈子到底是以什麼樣的心情說出那句話的呢……

（抱歉……抱歉，香奈子……）

我由衷對再也無法見面的前世的妹妹道歉。

那樣的未來是消失無蹤了，還是以平行宇宙的形式在我死亡之後也持續下去呢……這我真的不清楚。

但是，不論如何我在前世犯下的罪都不會消失。

那是我要讓今世圓滿的話，到最後都不能忘記的事情。

「……謝謝妳，香奈子。」

妹妹目前仍紅著臉，我則是撫摸著她的頭。

香奈子雖然慌張地說著「等等，你在做什麼啊？」，但是沒有把我的手推開。

「因為擅自認為妳討厭以前那個陰沉的我……能聽到妳這樣的心情真的很高興……我也對現在能跟媽媽還有妳一起歡笑的一切感到很開心……覺得就像是在作夢一樣。」

「作……作夢？真是的，這實在太誇張了啦，老哥。」

移開撫摸頭部的手之後，妹妹就用殘留著害羞的表情這麼表示。

不，真的是作夢喔，香奈子。

現在的新濱家，是我的後悔全部消散後的理想型。

因此——我這次一定要保護家族的羈絆。

絕對不會像上輩子那樣，走上讓妳詛咒哥哥的末路了。

「好吧！喂，香奈子！想吃聖代的話我請客！交給哥哥吧！」

「咦，真的嗎？那我要吃這個超豪華巨大巧克力熱帶聖代！好像要價兩千圓左右！」

「喂喂！那是什麼品項？應該說我也沒什麼錢，所以手下留情好嗎！」

「咦——但是一客聖代就是一客聖代啊！好像很巨大，老哥你也跟我一起吃吧！」

恢復成平常那種模樣的香奈子，臉上露出促狹的笑容。

嗯，是啊，香奈子。

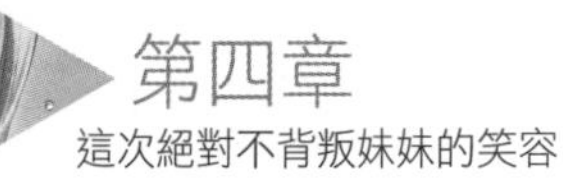

果然那樣的表情才適合妳。

「啊啊真是的，知道了啦！那就吃那個什麼巨大的聖代吧香奈子！看菜單上面寫因為量很多建議四人以上享用，不過就讓我們兄妹展現一下實力吧！」

「太棒了！就是得這樣才行！啊哈哈哈哈！老哥真的變得很懂察言觀色了！」

就算前世這個過去無法改變，今世這個未來也絕對能有所變化。

我一定要證明，原本是那種結局的新濱家絕對可能有幸福的未來。

這個瞬間香奈子臉上浮現的那種宛如孩子般開心的笑容——我打從內心發誓這次絕對不會再背叛它了。

另外——那個什麼巨大聖代的，我們雖然囂張地表示「憑高中生與國中生的食慾一定很輕鬆啦！」「面對甜點的時候，女孩子的胃是無限大！」，但是……

裝在擴音器般聖代用玻璃杯裡的奶油富士山抵達後，我們兩個人都不由得露出嚴肅的表情，並且把這件事隨著反省牢記在腦袋裡面。

▶第五章◀ 紫条院春華的嫉妒

我——紫条院春華在晴朗的天空底下享受著輕鬆的心情。

現在我是以天空藍T恤加上乳白色百褶裙的服裝走在街上。雖然陽光很強，但我的腳步相當輕快。

（呵呵……昨天也跟新濱同學傳了很多簡訊。）

暑假開始後，新濱同學就經常傳訊息給我，雖然見不到面卻可以在身邊感覺到他的存在。

當然我也很高興地回訊，而且我也經常會傳簡訊給他。

仗著是暑假期間，有時候還會因為回簡訊而不小心熬夜……不過每當聽見簡訊鈴聲，就會忍不住專心回起訊來。

光是這樣就很讓人高興了，今天還有一個更特別的活動。

（啊啊……女孩子之間的聚會真是讓人興奮！）

今天的聚會是結業式前朋友所說的提案。

「都放暑假了，要不要去咖啡廳喝個下午茶？我們三個人年輕女孩的活力似乎都不足，偶

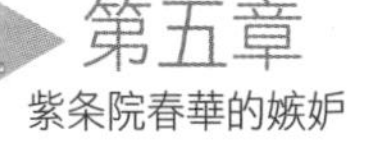

爾也應該完成聚在一起閒聊這種女高中生的工作啊。」

風見原同學……不對，是美月同學的話讓我立刻表示贊成。

然後現在正是在前往約好的咖啡廳途中。

順帶一提，直接叫名字是因為舞同學她表示「我說啊，現在還用姓氏稱呼不會太見外了嗎？」並且如此提案，所以就這麼決定了。

從以前就不習慣以名字來稱呼別人的我，在說出「筆橋同……啊，不對，是舞同學……」這種親近的稱呼後，就因為害羞而紅了臉頰……

「不愧是春華……真是破壞力超強的小心機。」

「嗚哇啊……在心跳加速的情況下被叫到名字，就算同樣是女孩子也會產生異樣的感覺真是太危險了……」

結果像這樣被她們兩個人說了聽不太懂的評語……

（呵呵，先是進入稱呼名字這種好朋友的下一個階段，今天則是要舉行女孩子間的茶會……真是太幸福了。現在的我真的很像一個女高中生！）

剛升上二年級的時候……真的沒想到會出現如此幸福的狀況。

現在想起來，我總是錯過青春的生活，只留下寂寞的回憶。

小學、國中的時候沒有人真心跟我交朋友。

有諂媚到極不自然的人、燃燒敵愾心來攻擊我的人、害怕跟我扯上關係而只保留最低限度友誼的人——女孩子大多是這幾種類型的其中一種。

（我只是想……像普通人一樣跟朋友一起閒聊，一起玩而已……）

當我快放棄這樣的青春時，事情突然有了轉機。

開始經常跟某一天突然變得開朗的新濱同學說話，接著各式各樣的事情都產生了變化。

其中最重要的是校慶，那次如果沒有新濱同學在，就不可能成為能留在記憶裡的活動。

而在活動當中，透過克服麻煩與辛勞，我也交到了朋友。

分別是外表冷酷其實喜歡惡作劇的風見原美月同學，以及開朗、笑容相當可愛的筆橋舞同學。

她們兩人都以很普通的態度來對待我，這讓我感到很高興。

（真的不知道該如何感謝新濱同學……雖然為了表達謝意而曾經招待他到家裡來玩過，但我覺得那樣根本不夠。）

「不過到底怎麼做新濱同學才會開心……咦？」

視線前方偶然發現的，是身穿便服，邊擦拭著汗水邊往前走的新濱同學。

這個瞬間，我的心情就變得開朗了起來。

其實暑假才開始沒有多少天，我們也頻繁地互傳簡訊。

但真正看見新濱同學的臉龐，就覺得好像是跟隔了好幾個月才再次見面的家人一樣，心情相當興奮。

「新濱同學！好巧……喔……？」

原本準備呼喚對方的聲音逐漸變小，最後整個消失。

這是因為，新濱同學並非只有自己一個人。

走在他旁邊的是一個很適合綁馬尾的可愛女孩。

年齡大概比我小一兩歲……新濱同學很輕鬆地跟那個女孩談笑著，一眼就能看出兩人的關係相當親密。

「…………………」

看見這一幕的瞬間，我的身體不知道為什麼就僵住了。

開始覺得呼吸困難，就好像血流停住了一樣身體逐漸變冷。

當我陷入茫然狀態時，兩人就融入人群之中再也看不見了。

但我的腦袋仍是一片混亂。

全身變得像是鉛塊一樣重，心則像是被銳利的刀刃刺中一樣疼痛。

（這……這是怎麼回事……？只不過是看見新濱同學跟其他女孩子走在一起，為什麼……）

實在不了解自己的心。

無法掌握為什麼會變成這樣。

抱住整個揪緊的胸口——依然凝視著新濱同學與女孩子消失的方向，我只能呆立在現場好一陣子。

*

我是筆橋舞。

興趣是運動身體的田徑社女孩。

今天班上的三個女生要聚在一起喝下午茶，這讓我感到很興奮。

跟社團的夥伴一起的話，通常都是買能填飽肚子的東西為主，像這種很像女孩子的活動對我來說非常新鮮，感覺就像成為時下的女高中生。

「哈囉！春華跟美月都好……早到……？」

進入約好碰面的咖啡廳，就看到兩個人已經入座了。

但是樣子好像有點奇怪。

「怎……怎麼了嗎春華？為什麼露出這個世界即將毀滅般的表情？」

坐在桌子前面的春華，平常那種天真爛漫的笑容已經消失，就像是身上背負著烏雲一樣整個人垂頭喪氣。

眼神已經死亡，身體裡的生氣全部消失了。

「其實我也不是很清楚……當我來到這裡時，她就是這種狀態了。」

看來美月也不清楚事情的經過，只見她以困惑的模樣這麼表示。

「咦咦……？春華明明那麼期待這次的聚會……」

美月說出這個提案時，春華以極為驚人的積極態度表示「務必務必務必要舉行！我非常期待♪」，決定咖啡廳時甚至高興到哭出來了。

為什麼現在會露出財產都玩股票賠光了一般的表情……？

「啊啊……美月同學……舞同學……妳們來了嗎……」

垂頭喪氣的春華以快哭出來的表情搖搖晃晃地起身。

「……抱歉……雖然有點突然，但我有點事要找兩位商量。可以請妳們聽聽看嗎……？」

「哦哦，有事情想商量嗎？我當然完全OK喔。」

美月一邊抬起眼鏡一邊說道。

雖然平常看起來認真且冷酷，美月的好奇心其實很旺盛。而且是很高興朋友找自己幫忙的類型，看起來似乎開始有點興奮了。

「嗯嗯！任何事情也都可以找我商量喔！所以到底發生什麼事了？跟爸媽吵架了嗎？還是用手機講太多電話，帳單寄過來發現電話費要兩萬圓？」

「是的，事情是這樣——」

於是春華就說出來參加這次茶會途中發生的事。

她偶然在街上發現新濱同學。

結果他的身邊有一個很可愛的女生，看起來跟她很親密。

然後看到這種光景的春華，就受到原因不明的心痛折磨。

「明明新濱同學要跟誰做什麼都是他的自由……為什麼我的心會這麼痛呢？我真的一片混亂……」

「「…………………」」

面對嚴肅地訴說自己煩惱的春華，我跟美月只能露出無法多說什麼的微妙表情保持沉默。

呃……這該怎麼回答才好呢……？

感到困擾的我把視線移到美月身上，就看到連我行我素的少女都露出困擾的表情，以眼神對我表達「說是不知道為什麼會心痛……難道她是認真的嗎……？」的意思，於是我也微微點頭傳達了「嗯，絕對是認真的……」的意思。

「啊……那個，春華。我們也要思考一下，可以給我們一點時間嗎？」

「好的，兩位願意幫我一起想，我覺得很高興……」

獲得垂頭喪氣的春華同意後，我跟美月就背對著她，互相把臉靠過去。

這個問題要靠一個人的判斷來回答實在太困難了。

（這……這該怎麼辦……答案根本很明顯了，但可以由我們來說嗎？）

（這實在有點……我覺得只有這件事應該要由新濱同學自己說，或者是春華她自己發覺才對吧……？）

我們以春華聽不見的細微聲音竊竊私語著。

在我知道之前，美月似乎就發現新濱同學對春華有意思，所以跟她很容易溝通，這實在幫了我一個大忙。

而我也認為她的意見相當正確。

感覺我們要是在這裡說出「那是嫉妒喔。也就是表示春華妳對新濱同學——」是一件很煞風景的事情。雖然認為這也是身為朋友的我們必須要告訴她的狀況，但至少不是現在。

（話說回來，新濱同學跟女孩子一起走這件事……美月妳覺得他有可能會變心嗎……？）

（啥？怎麼可能啊。新濱同學是那種信奉春華至上主義的狗屁痴情男耶。絕對不會移情別戀其他女生啦。）

（我想也是……）

我用力點了點頭。

發覺新濱同學的心意後再次從旁觀察他，隨即清楚發現他平常就不斷對春華散發出「最喜歡妳了」的氣息。

綜合從春華那裡聽到的內容，說起來新濱同學之所以會在校慶時拚死奮鬥也全都是為了春華，如果那種做牛做馬的動力都是來自於戀愛，那麼他的愛意絕對不容小覷。

（真羨慕她能讓人如此專情地對待……我也想要一個能為了我努力到這種地步的男朋友……）

「啊……話說回來，我記得這樣的心情。雖然那時我的心可能沒有這麼痛就是了……」

「是這樣嗎？可以告訴我是什麼樣的時候覺得心痛來作為參考嗎？」

美月催促像是突然想起什麼的春華繼續說下去。

應該是以前也有嫉妒過別人吧……不過對象是誰呢？

「是的，就是校慶結束的時候。看到美月同學還有舞同學跟新濱同學待在一起，不知道為什麼內心就一陣騷動……雖然不覺得心痛，但是覺得感情發展的方向跟這次很像。」

「什麼？」

「呼耶？」

對方隨口說出的內容，讓我們兩個人同時發出詭異的聲音。

我……我們也變成嫉妒的對象了嗎？

（呃，嗯……從她直接對我們說出這件事來看，應該是真的不知道這種感情的名字……）

為了不被像是承受著疼痛般把手放在胸前的春華聽見，我們以細微的聲音再次開始會議。

（大概是……至今為止的人生裡，嫉妒別人的經驗實在太少了，才會不知道自己感情的真實身分。稍微從新濱同學那裡聽說過，春華也不了解因為嫉妒她的美貌而來找碴的女孩子為什麼要這麼做。）

「咦咦……不會太聖女了嗎……？」

像我就因為胸部大小而非常嫉妒春華，新濱同學在期末考贏得第一名時，我還在內心大叫著「太狡猾了——！真想跟他交換腦袋！」……

（我們的時候是了解都是為了校慶，所以沒受到什麼傷害，這次則是跟陌生的女孩子走在一起這種情報量極少的狀態，所以想像力發揮作用而讓她感到心痛。還有就是好感度已經上升到足以產生這種反應的地步了。）

（哦哦……原來如此……美月妳是不是戀愛經驗很豐富啊？）

（不，只是對戀愛有所憧憬而看了大量少女漫畫，結果變得擅長在腦袋裡進行戀愛模擬而已。嗯，雖然完全沒有活用的機會就是了！）

等等，別一臉驕傲地說出這種悲傷的事情好嗎……

（應該說我們跟新濱同學……明明不用擔這種心的啊。）

（………嗯，就是說啊。）

（美月！剛剛的空檔是怎麼回事？）

（呵呵，沒什麼。倒是舞應該也「沒有」吧？）

（咦……啊，嗯，是啊。）

（看吧，舞在回答時不也有空檔。）

（等……等等，不是那樣！真的什麼都沒有！）

新濱同學確實是跟我最熟的男孩子。

是跟其他男生有點不太一樣的怪人，那種在現在活著的時間裡全力衝刺的模樣……嗯，在旁邊看著確實會產生好感。

雖然打死我也不能說，但要是被他認真告白的話，自己確實沒有能夠拒絕他的自信。

不過待在他們兩個人身邊的我，很清楚正是有春華的存在，新濱同學才會燃燒作為魅力來源的心之力量。

對於春華的滿滿愛意構成了新濱同學這個男生。

所以呢，要說不覺得他很帥氣那就是在說謊，但是跟他有沒有機會嘛，我只能說「沒有」。從剛才的對話聽起來，我認為美月的想法應該跟我一樣。

（嗯，總之……還是朝安全的方向來安撫春華的心靈吧。）

（嗯，說得也是。應該說這幾乎不可能是春華所擔心的那種情形……）

就算人的心會變，在這麼短的期間裡，實在無法相信「紫条院同學是生命！」的新濱同學會變心。應該說絕對不可能。

雖然對認真感到煩惱的春華不好意思，但這件事結果只是她在杞人憂天……我茫然這麼想著。

「那個，抱歉我們一直說悄悄話，春華。然後關於那是什麼樣的心情嘛……我想一定是因為害怕喔。」

「害怕……嗎……」

「沒錯，雖然最近會跟我還有美月說話，但跟春華最要好的還是新濱同學吧？然後沒辦法在學校跟他見面的時間又持續了一陣子，看見自己不認識的人在他旁邊，就會害怕最好的朋友被搶走而感到不安啦。」

雖然把愛情的要素轉換成友情，但我認為說明本身並沒有錯。目前先讓她知道「害怕跟自己感情很好的人被搶走」這一點就夠了。

「聽妳這麼一說……確實有這種可能。新濱同學全心準備校慶的時候，一起用功的時間減少，我就覺得不安了……」

「對吧？然後解決的方法其實很簡單。」

春華理解自身的狀態後，美月就探出身子這麼說道：

「看是要打電話還是把這件事的主要人物新濱同學找出來，詢問『走在你旁邊的女孩子是誰？』就可以了。」

「這……這個嘛……確實是這樣沒錯……但如果他說那個女孩子是很親密的人，已經沒有空理我的話……」

春華對於美月提出的解決方法表示害怕，結果我們兩個人就對她露出「怎麼可能嘛……」的表情。

啊——真是的！完全不知道有多少愛意的箭頭朝向自己，真是皇帝不急急死太監……！

「難以啟齒的話就由我或者舞來幫妳問吧？放暑假前大家都交換過信箱了。」

沒錯沒錯，現在立刻在這裡打電話給新濱同學事情就結束了。

不然也可以直接把他找來這裡。

「……這個嘛……不用了，我自己問。妳們這麼替我著想，我真的覺得很開心，不過總有種一定得自己問才行的感覺。」

「春華……」

即使對未知的感情感到害怕還是清楚說出自己想法的春華，讓我感到很佩服。

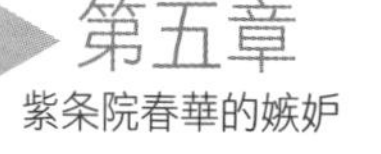

跟春華變熟之前就曾經跟她講過幾次話，不過那時給人留下深刻印象的是天真爛漫的個性以及符合大小姐身分的舉止。

但現在的春華看起來又增加了一顆堅強的心。

這說不定是受到新濱同學的影響？

「這樣嗎，我了解春華的意思了。那麼……既然這麼決定了就轉換個心情吧！剛好甜點也來了！」

在話題告一段落時，店員說著「讓各位久等了」並且端來幾個盤子排在我們的桌子上。

看來美月已經先點好了。

「哇啊……！」

「哦哦！」

春華跟我發出感嘆的聲音。

在眼前閃閃發光的是絢爛的薄鬆餅。

又白又鬆軟的薄鬆餅疊成三層，而且放了大量的楓糖漿、水果以及生奶油。

其他還有色彩繽紛的馬卡龍疊成小山的盤子、迷你尺寸的蛋糕與各種司康可愛地放在一起的盤子，我跟春華的眼睛自然地發出亮光。

「為了意氣消沉的春華，我擅自點了許多的甜點！沮喪的時候吃甜點就對了！對身體是由砂糖構成的女孩子來說，沒有比這個更有效的特效藥了！」

「哦哦，美月Ｎｉｃｅ！果然大量的甜點就是正義！」

「的……的確一吃到甜食就會無條件打起精神……！」

面對如此強調的美月，我跟春華都全力表示同意。

男生可能不知道，但女高中生這種生物是需要甜點作為燃料的。

「紅茶我也點了一壺，所以一起大吃特吃吧！應該說我忍不住了，先開動嘍！」

「好……好的……！我也要開動了！」

「等一下，我也想吃啊！開動了！」

就這樣，我們一起朝閃閃發亮的薄鬆餅進攻——三名少女當場露出了笑容。

「哈啊啊啊啊啊啊，真好吃～～！原本認為薄鬆餅就跟美式鬆餅一樣，不過鬆軟的程度完全不同呢！」

嚴格說起來美式鬆餅與薄鬆餅好像也只是稱呼方式不同，不過這種事情完全不重要。只要美味又時髦，它就是女孩子的正義。

「嗯，不但口感很棒，跟生奶油也很搭調。因為還有楓糖漿，所以也是含有過度卡路里的罪惡口味。」

「等一下啊啊啊啊！吃甜點時不能講出最忌諱的那個字啊！」

「呵呵，因為想看這種反應所以忍不住就說出口了，但發現跟參加運動社團的舞同學相比，最討厭運動的我體重絕對會增加，我的內心就暗暗感到痛苦。」

「真是的，妳在做什麼啊！美月有時候真的很傻耶！」

當我們隔著甜點像這樣嬉鬧著時——

「呵呵……啊哈哈哈……」

春華就笑了。

像是覺得非常有趣一樣。

「抱歉，妳們兩個人的對話實在太有趣，我覺得很開心……」

回復成平常那種樣子的春華，這時又吃了一大口薄鬆餅。

看來甜點果然很偉大，滲透到全身的甜味讓春華笑逐顏開。

「之前應該跟妳們提過……我一直沒有朋友，所以還是第一次像這樣跟女孩子一起聚會。」

「春華……」

說起來呢，在像這樣變熟之前，我也把春華當成特別的存在。

不但是超級美女，還跟我不一樣是上流階級的人，所以戀愛經驗一定很豐富，應該能交到一大群朋友才對——我擅自這麼認為。

所以當春華告白自己稀少的交友關係時，我就對擅自以建構起來的有色眼鏡來看春華一事感到很不好意思，同時在內心發誓「要跟這個女孩做一大堆朋友會做的事情！」。

「竟然願意聽我這種人的煩惱還鼓勵我，跟我一起吃零食……我真的太幸福了……能跟兩位做朋友真是太好了……！」

眼睛因為微微浮現的淚水而濕濡，春華臉上露出發光般的欣喜笑容。

那種清澈漂亮到了極點的笑容具備強大的破壞力，讓我一瞬間差點失去意識，即使身為同性也看得入迷了。

（太……太可愛了……！這太恐怖了！明明都是女孩子，腦袋卻變得無法思考！）

事到如今，我才發現春華真的在各個方面都太美少女了……！

「……光靠嫉妒就能讓如此天使的女孩子變得那麼沮喪……新濱同學還是先爆炸個一次吧？」

聽見美月自言自語的呢喃，我忍不住在內心瘋狂點頭。

（不過……春華已經恢復不少元氣了，可以暫時安心了吧？）

也不希望看到朋友因為怎麼想都是她自己過慮了的事件而煩惱。

（如果這是愛情喜劇的話，三角關係可能就要揭開序幕了……但新濱同學是那種一旦愛上就全力付出的類型……）

他對春華的強烈愛意，甚至會讓人擔心一旦被春華甩掉的話會變成失去靈魂的空殼。

「啊，對了。春華會跟新濱同學互傳簡訊吧？都是傳些什麼樣的內容呢？」

話題才剛告一段落，美月就以閃閃發亮的眼睛這麼問道。

跟平常給人的冷酷印象不同，其實她有頗為少女的一面，看來對他們傳些什麼樣的訊息很有興趣。

……老實說我也有點想聽。

「咦，沒有啦，就很普通的內容啊。像是今天看的那本輕小說很有趣，或者吃了什麼好吃的東西。」

「真的只有這些嗎？比方說沒有互傳照片之類的？」

（美月也真是的，問得太深入了吧。）

（哎呀，聽說有男人會命令純真的女孩子傳色情的自拍照給他，我是為了慎重起見。）

聽見我小聲的呢喃後，美月就用明顯感到有趣的表情回答我。

嗯……雖然新濱同學不可能做出那種噁心大叔般的行為……

「照片嗎？話說回來，我偶爾會傳自己的照片呢。」

「「咦？」」

「因為我們家名叫冬泉小姐的傭人對我說『難得有這個機會，我想拍下小姐平時的生活照傳過去的話對方應該會很高興』……」

咦，等等，那個傭人在說什麼啊？那樣新濱同學當然會很高興啊！

「我傳過像是穿著睡衣躺在床上、洗好澡後穿著T恤吃著冰淇淋的照片。雖然有點害羞，不過媽媽說『這張照片拍得很不錯！』然後就把它選為傳送的照片……」

還真的傳了有點情色的照片啊啊啊啊啊啊！應該說，春華家的人配合度也太高了吧！

「然……然後新濱同學回了什麼訊息……？」

「這個嘛……只要傳送那樣的照片，回訊就會變得很慢，然後得到像是『這我不知道能不能直視……好痛苦』或者『這絕對跟秋子小姐有關吧！』這種感到困惑般的回答，所以之後我就沒有再傳了……」

腦袋裡浮現出清純的春華突然傳來具爆炸性的照片時，新濱同學受到衝擊以及產生混亂的模樣。對於健全的男孩子來說，春華的私生活照片當然是極具誘惑性……

「嚇我一跳……原本只是開玩笑，沒想到真的做了這種色色的事情。」

「妳……妳在說什麼啊！我才沒做什麼色色的事呢！」

「妳看看自己全部看起來很柔軟的身體，再加上兩顆熟透的哈密瓜，竟然還敢說這種話。越看越讓人羨慕，等一下讓我揉揉看。」

「咦咦！真……真是的！請別隨口做出奇怪的預約好嗎！」

面對不停扭動著手指做出揉空氣動作的美月，春華直接羞紅了臉。

美月很享受耶……

「不過春華妳除了新濱同學之外，幾乎沒有跟其他男孩子相處過吧。沒有人過來跟妳搭訕嗎？」

我知道雖然有許多男孩子以春華為目標，但也因此而發生彼此扯後腿的牽制狀態，形成一種難以偷跑的氛圍。

（新濱同學就在這樣的情況中以超快速度接近春華，原本應該會受到班上男孩子嫉妒才對……不過並沒有出現這種情形呢。）

主要原因是新濱同學成為班上風雲人物的關係。

功課變得非常好的他，經常有人找他商量手機與回家作業的事情，在班上的存在感不斷增加，然後經過校慶時突破極限的活躍後，就沒有人能抱怨他待在春華身邊這件事了。

但那怎麼說也僅限於我們班，其他班的男生會覺得「連那個叫新濱的傢伙都能接近紫条院同學了，我也不用再忍耐了！」而對春華發動攻勢也不是不可能的事。

關於這一點，我有點擔心會不會引發什麼問題。

「咦，其他的男孩子嗎……？話說回來，第一學期時確實有幾個人跟我搭話……大概都是『要不要一起出去玩』這樣的內容。」

「咦……！那……那妳怎麼回答？」

「這個嘛……這麼說可能不太好，但我從未跟他們說過話，他們卻表現出一副跟我很熟的樣子……所以我都很客氣地拒絕然後離開。到現在都還不知道他們在想什麼。」

咦咦……？那些人是怎麼回事……？

（啊……原來如此。是那件事嗎？）

（咦，什麼，到底是怎麼回事啊美月？）

我小聲地詢問如此喃喃自語的美月。

（我也聽說過似乎有這種行動的傳聞……也就是說新濱同學跟春華都被看扁了。像「如果連跟新濱那種平凡的傢伙都能變熟的話，那我過去不是輕而易舉嗎！」這樣的想法，讓有點帥且稍微受到女生歡迎的帥哥或者運動社團的正式選手之類的「小小自信家」展開行動。）

（咦咦……我覺得那樣很遜耶……竟然不是因為喜歡而是覺得可以輕鬆成功才有所行動……）

（嗯，確實很遜。真正喜歡的話就算門檻再高應該也會立刻展開突擊才對。而且瞧不起我們這兩個朋友也很讓人火大。）

我完全同意美月散發出怒氣的發言。

竟然認為完全不認識的新濱同學比自己還差，還覺得跟那樣的新濱待在一起的春華很容易

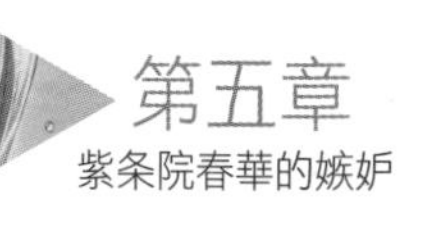

追求，這不止是很遜而已還很沒禮貌。

「嗯，總之妳的應對很正確喔，春華。根本不用理會突然跑來裝熟的傢伙。」

「嗯，老實說我有點害怕，聽妳這麼說我就放心了……我不是很喜歡自我意識很強的人……」

雖然大概知道，不過春華果然不欣賞大男人主義的人。嗯，新濱同學雖然有行動力，但並非盛氣凌人的類型。

「啊……說到自我意識強烈的人，那個叫御劍的人怎麼樣了？期末考的時候好像跟新濱同學起了一些爭執。」

突然想起這件事的我隨口說出那個名字。

真的只是在對話中無意說出口而已，除此之外就沒有其他的意思——

「御劍……？」

「啥……？」

春華的樣子卻為之一變。

聲調不知道為什麼變得非常低而且冷酷，眼睛也逐漸散發出怒氣。

平常那種溫暖陽光照耀下的花田般氣氛，變成宛如北極永久凍土那樣的冰冷。

「啊……是那個非常失禮的人嗎……」

「春……春華……？」

怎……怎麼了？眼睛裡的亮光好像消失了耶！

「或許那個人曾經跟我搭過話……但我已經忘記了。我再也不想跟他說話，可以的話希望能完全從記憶中把他刪除……因為光是看見他的模樣就感到很不愉快。」

全……全是平常的春華絕對不會說的話……！

這是怎樣？天真爛漫的反面嗎？

（喂，這是怎麼回事啊美月？原本像天使的春華跟戴上能面具一樣面無表情地發怒，真的快要嚇死我了！）

（抱歉……我應該先跟妳說的。上次期末考的時候，那個御劍好像不斷說著「新濱是沒用的垃圾！我是最高級的男人！」這種話，結果春華整個暴怒……從那之後她只要聽見那個男人的名字好像就會變成那樣……）

（那個自以為是王子的傢伙到底在搞什麼啊——！能讓溫厚的春華氣成這樣一定是很過分吧！）

「真的很低級、自我意識過剩又傲慢……從沒想過會如此厭惡一個人。光是想起來內心就變成一片漆黑……」

咿……咿咿咿咿！恨恨地喃喃自語著的春華真的有夠恐怖……！

（……請小心一點。春華會變成這樣明顯是因為新濱同學被貶低而發怒，不保證不會因為嫉妒而發生同樣的事情喔。）

（咦……什麼意思？）

（雖然覺得絕對不可能，不過春華要是在愛情方面的嫉妒達到ＭＡＸ值的話，這個平常的天使反轉成的黑暗面也可能會炸裂。因為我們已經成為嫉妒的對象了，得注意不要做出讓春華誤會我們跟新濱同學關係的行為，以免春華的黑暗氣條不斷地增加。）

（咦，那個……真要說的話，球技大會的時候，我為了幫新濱同學特訓而一整天都跟他在一起……這難道也出局……？）

雖然曾經對春華說過「幫忙了」壘球的特訓，但沒有說明是一整天都一起待在公園裡。

……因為運動社團的習慣而幫了一把，難道說其實是個錯誤？

（絕對不要說比較好喔。這件事可能會變成肇因，讓春華燃燒嫉妒之心，然後開始像週二懸疑劇場裡面「這個狐狸精……！」般的劇情。）

（咿咿咿！如……如果變成那樣的話……）

聽她這麼一說，我的妄想就開始一發不可收拾。

——沒有其他人的校舍屋頂。

世界籠罩在夕陽的橘色當中，我跟春華正面對面站著。

「假日跟新濱同學一起在公園裡練習壘球……？嗚呵呵，妳這隻狐狸精就是這樣接近不擅長運動的新濱同學的嗎？」

「我我我……我都說沒有那種意思了！Trust me！」

「每隻狐狸精都是這麼說的。啊啊，真是太令人傷心了，舞同學。還以為我們是朋友，結果得把妳送到跟美月同學同樣的地方。」

眼神看來完全失去理智的春華手拿著沾滿血的菜刀露出微笑。

啊，看來已經完全無法對話了。

「那……那把菜刀上沾著的血是……！嗚哇啊啊！美月————！」

差點在現實世界也發出聲音，雖然從現實世界傳來「咦，我先遭到殘忍殺害了嗎？」的聲音，不過我的妄想還是持續下去。

「呵呵，美月同學校慶的時候靠新濱同學太近，我已經處罰她了。果然應該把靠近新濱同學的女孩子全部剷除。因此呢，再見了舞同學。不過這都是妳不好喔。」

「呀————！這就是所謂的病嬌嗎！」

然後春華以無光的憂鬱眼睛緩緩靠近——

「啊哇哇哇哇……！亂刀刺死……！」

從妄想當中回歸的我全身不停發抖。

純潔的春華一旦反轉……就會很不妙！

「呼……抱歉。聽見那個怪人的名字腦袋就有點冷靜不下來……舞同學？妳怎麼了嗎？」

「春……春華！」

「咦……？」

我從桌上探出身子，握住春華的手。

突然的行動讓春華瞪大了眼睛。

「我一直是春華的朋友還有夥伴！要相信我喔！」

「好……好的……！能讓朋友說出這樣的話，我真的很開心！我也一直會是舞同學的夥伴！」

即使感到驚訝，春華臉上還是發出閃亮且純真的笑容，到剛才都還在進行那種妄想的我，以最大的愧疚感接受了她那種炫目的模樣。

……對不起，我不該想那種奇怪的事情……

我——紫条院春華現在正坐在公園的長椅上，面對一個令我非常煩惱的問題。

（……現在仍然沒有跟新濱同學聯絡……）

託美月同學和舞同學的福，昨天的下午茶聚會期間心情相當輕鬆，但新濱同學跟陌生女孩走在一起這件事還是重重壓在我的胸口。

（她們兩位說是「害怕最好的朋友新濱同學被搶走」……真的是這樣呢。）

不過就算是害怕，心靈會受到如此大的衝擊嗎？

極度地恐懼……內心深處的柔軟部分就像被千刀萬剮一樣。

我從剛才就一直凝視著右手的手機。

文明的利器確實很了不起，只要按下一個按鍵就能跟新濱同學聯絡。

然後在詢問「昨天跟你走在一起的女孩子是誰？」之前，這個煩惱都不會有進展。雖然很清楚這一點——

「……冷靜下來一想，就覺得是很莫名其妙的問題……新濱同學要跟誰在一起是他的自由，跟我一點關係都沒有。要是問我為什麼想要知道的話……」

「……獨占欲……？」

如果要開門見山地表露自己的心情，那麼大概就是這三個字吧。

領悟這一點後，忽然感到很害羞。

我怎麼會有如此孩子氣的感情……

從昨天開始一直到現在，我都像這樣持續想著新濱同學的事情。

或許是受到無法見到新濱同學的日子一直持續著的影響。不知不覺之間，每天在學校跟他談話已經變成理所當然的事……

「好想見他……」

回過神來後，發現自己下意識中這麼呢喃。

我首次意識到想見新濱同學這樣的慾望。

就在這個時候——臉頰被冰冷的水滴濡濕。

「咦……哇啊！」

到剛才天氣明明都還很好，卻突然開始下起雨來。

而且雨勢越來越大。

（太……太大意了！因為天氣從早上就很晴朗，所以都沒看天氣預報……！）

雨勢不斷增強，街上遭到突襲的行人們為了尋找避雨的地方而急忙跑了起來。

（這下……該怎麼辦呢？）

今天外出是為了散步來稍微整理一下思緒，所以沒有接送的車子。還是到便利商店買塑膠傘比較好——

「嗚哇，搞什麼！我沒看天氣預報啊！」

從近處聽見聲音的我反射性將視線移過去，結果看見一名直髮，大概國中生左右的女孩子因為突然的降雨而發出悲鳴。看來她跟我一樣都沒帶雨傘。

（……咦？那個女孩好像在哪裡看過……？）

「啊——真是的！最討厭在雨中衝刺了！」

似曾相識的那個女孩把背包舉到頭上，用它來擋雨並且跑了起來。

但就在這個時候——

「啊……！」

那個女孩舉到頭上的背包，拉鍊似乎沒有全部拉上，結果錢包就從那裡掉出來落到濕濡的柏油路上。

但女孩沒有注意到這一點就一溜煙跑走，她的背影離我越來越遠。

「…………嗚！」

我對展開行動沒有一絲猶豫。在街角充滿雨聲的情況中，我立刻撿起錢包從那個女孩子的後面追了上去。

*

「啊啊真是的，全濕了啦……這雨突然也下得太大了吧……！」

我——新濱香奈子一邊淋著雨一邊在住宅區裡衝刺。

由於昨天吃太多聖代攝取了太多卡路里（因此跟老哥都吃不下晚飯而被媽媽罵），所以今天打算一邊瀏覽櫥窗商品一邊走路回家，結果就遇見這種情形。

幸好我們家位於距離市街區相當近的便利位置。

不然就得到便利商店購買塑膠傘，平白多增加一筆開銷。

「……等！……一下！」

「嗯……？咦！」

感覺好像有什麼聲音夾雜在雨聲之中，回頭一看就發現一個高中生左右的女生連傘都沒撐就從我背後跑過來。

對著我這邊大叫著什麼，很明顯是在追我。

「等等！請等一下！」

（咦……咦，怎麼了？發生什麼事？）

無法掌握事態的我僵在現場，結果那個人就帶著急促的呼吸跑到我面前。看來她是一直在全力奔跑。

「呼……呼……終……終於追上了……那個，妳的東西掉了……！」

「咦……啊！我……我的錢包！為什麼會從背包裡……啊，拉鍊沒有拉緊！」

這下我才終於理解狀況。

我不小心讓錢包從背包裡掉出來，而這個人特地在雨中追上我這個失主……！

「謝……謝謝妳，這位姊姊……！哇，妳整個人都淋濕了！沒有帶雨傘嗎？」

「嗯……一個粗心沒有看天氣預報……啊啊，不過能追上妳真是太好了……」

大姊姊露出真正鬆了一口氣的表情，仔細一看才發現她是個超級大美女。有著一頭光豔的長髮，容貌相當美麗，而且明明很瘦胸部與臀部卻極為豐滿，實在太作弊了。

（咦，是怎樣？除了人美之外心也很美嗎……還為了把錢包還給陌生的我而在雨中全力奔跑？這個人難道是女神嗎？）

嗯嗯……？是說好像在哪裡看過這個大姊姊的臉……？

遇見這種美女的話，一般來說是不會忘記才對啊……

「那麼我先告辭……請小心不要感冒了……呀啊！」

變得比剛才更強的雨勢讓姊姊發出悲鳴。

應該說遠方不斷傳來大量的雷聲，真的是傾盆大雨。

「咦，等……等一下！姊姊打算繼續不撐傘就在街上跑嗎？」

「是……是的……這邊附近是住宅區，看來沒有地方能避雨，想要買傘的話也得往回走一點才有便利商店……」

「要是這麼做的話，姊姊才百分之百會感冒！我們家就在附近，妳先過來吧！至少可以借妳毛巾！」

「咦，怎麼好意思給妳添麻煩……」

「不要緊啦！妳是幫我把錢包送回來的恩人，不用這麼客氣！好了，走吧！」

為了我而在雨中奔跑的人，要是因為這樣感冒了我會感到很內疚。

姊姊雖然婉拒了我的提議，但我強行拉著她的手往自己家裡跑去。

*

萬人迷國中生香奈子小妹現在處於非常特殊的狀況中。

目前所在的地方是熟悉的新濱家浴室。

身為這個家的人，我在這裡泡在浴缸裡是再普通也不過的事情——

「呼……啊啊，好溫暖。冷冰冰的身體又活過來了……」

但跟平常沒有兩樣的浴缸，要是跟最頂級的美少女一起泡的話，就一口氣變成了未知的桃花源。

（厲害……實在太厲害了……為什麼這個人的皮膚這麼白而且這麼嬌豔……就好像跟能在武道館開演唱會的偶像一起泡澡一樣，好沒有真實感……）

因為我比較嬌小，所以浴缸的空間足以讓我們兩個人一起泡，不過……即使我們都用浴巾圍住身體，光是浮在眼前的兩顆哈密瓜，其破壞力就足以讓多話的我震驚到說不出話來。

其他像是隨意用髮夾往上夾的長髮、露出的後頸、雪白纖細的肩膀、近距離一看之下再次感到實在太美的容顏……這些全都是足以破壞理性的危險物體，明明同樣身為女性，我卻興奮到快要流鼻血了。

「不過真的很抱歉……擅自跑到人家家裡還借用浴室……」

「千……千萬別這麼說！姊姊是我的恩人，這點小事根本不算什麼啦！」

拉著姊姊的手來到新濱家時——我們已經濕到光用毛巾擦拭根本沒用的程度，怎麼看都需要馬上泡個澡。

剛好媽媽和老哥都不在家，所以我立刻燒了熱水，當然是請姊姊先入浴，不過姊姊堅決地表示「我沒關係，妳還是先進去泡澡吧！不然會感冒的！」，還因此稍微爭執了一下。

結果最後發飆的我就以豁出去的態度說了句「啊——真是的！姊姊這個爛好人！那都是女生的我們就一起泡吧！這樣就萬事ＯＫ了！」，想不到姊姊竟然表示「……說得也是。繼續互相推辭下去身體將會受寒……那就這麼辦吧！」並接受了這個提案。

「不過姊姊妳真的不要緊嗎？讓妳到陌生的家裡跟初次見面的我一起泡澡……剛才趁勢說出這種亂七八糟的提案，我現在猛烈地在反省了……」

「不不不！同意一起入浴的人是我，一點都不會困擾喔！說起來，渾身濕透真的很讓人頭痛，我很感謝妳的邀約喔！」

看來姊姊是真的這麼想，只見她在同一個浴缸裡露出燦爛的微笑。

嗚哇啊……這個人真的連內在都那麼美耶……

「嗯，聽姊姊這麼說我就放心了……錢包的事情真的幫了我一個大忙。」

「呵呵，不用客氣。能夠幫上忙我也很開心。」

姊姊以讓人感到優雅的親和態度接受了我的道謝。

嗯……感覺就好像是偷偷來到城外街上的公主一樣。

倒是我從剛才就一直很在意了……

「然後呢，姊姊……我從剛才就死命盯著看了……妳的胸部是吃什麼才變這麼大的？還有那身雪白的肌膚是怎麼回事？有什麼祕訣的話，就算要我下跪我也想聽啊！」

這個自他公認的美少女國中生香奈子小妹，唯一感到自卑的就是不論經過多久都還無法脫離蘿莉系體型。

姊姊的身材正是我的理想型，所以無論如何都想問出她的培育方法。

「咦？沒有啦，我沒有做什麼特別的事情……大概就只有多吃多睡，其實不算有什麼祕訣……」

「嗚哇！我就想應該是這樣，所以真的是天生的富二代！自動就能獲得這種完美身材實在太狡猾了！」

「真……真是的……實在太害羞了，請不要再說身體的事情了。朋友偶爾也會這麼說，我也只是比一般人豐滿一點而已……」

才不是一點而已！絕對不是一點而已！妳那個朋友一定也超級羨慕妳的！

當我感嘆著這個人世的無常時——雨聲又變得更大了。

看來天氣仍然極為惡劣。

「嗚哇，還在下耶……今天真是倒楣……為了轉換心情而改變成直髮，結果變得亂糟糟……」

「很適合妳喔……不過妳平常是其他的髮型嗎？」

「啊，嗯。大概都是綁馬尾比較多。妳看，就是像這樣。」

我用雙手抓起一撮頭髮，然後把它像尾巴一樣輕輕搖晃著。

說起來呢，在家裡的時候大多是這個髮型。

「啊，很好看呢！很適合……咦……？那個髮型……」

「嗯？怎麼了嗎？」

看見我綁馬尾的模樣，姊姊不知道為什麼停止動作並且一直盯著我的臉看。

怎……怎麼回事？被這樣的美人凝視會有點不好意思耶……

（啊，糟糕……！現在才注意到，我甚至還沒對恩人報上姓名……咦？這個姊姊果然在哪裡見過……）

但是無論怎麼回想，都不記得曾經看見美到如此具衝擊性的人。

不過……我確實曾經在哪裡看過這張楚楚動人的容顏。

沒見過面但是曾經看過……？比如說在影片或者相片之類的…………啊！

「啊……啊啊啊啊啊啊啊啊啊！對了……！前陣子老哥給我看的班級合照裡……！」

「啊……啊……啊……！記憶跟印象終於合而為一了！妳是……昨天在街上……！」

「紫……紫条院小姐！是紫条院小姐嗎？」

「跟新濱同學在一起的女孩子……！」

我們兩個人互相朝對方丟出令人驚訝的發言──

「「…………………………咦？」」

我們兩個人感到困惑的聲音，迴盪在只聽得見外面雨聲的浴室裡。

*

我──紫条院春華因為借用陌生人家裡的浴室而發現了完全無法想像的事實，並且因此而相當驚訝。

「那……那麼……妳是新濱同學的妹妹嘍？」

我們陷入相當難以掌握的狀況中，於是依序向對方訴說自己知道的事情，才終於理解這個極為偶然的情形。

「嗯！再次自我介紹，我是新濱香奈子！老哥平常受妳的照顧了！」

在浴缸中面對面的香奈子小妹，臉上露出惡作劇孩子般的笑容，並輕輕點了點頭。

「新濱同學的……妹妹……」

雖然聽說過他有一個妹妹，但不知道是這麼可愛的女孩子。她開朗的笑容非常可愛，會讓

人忍不住想抱緊她。

「不過沒想到昨天跟老哥出去購物時，紫条院小姐也在那裡。嗯，假日大家都會到街上去，所以說起來也很正常啦。」

「啊，是的……那個時候只一瞬間看到你們，香奈子小妹還是綁馬尾，所以到剛才都沒能發覺……」

我邊說邊對這個事實帶來的內心變化感到驚訝。

（她是妹妹……昨天那只是兄妹一起出門而已……）

知道這個事實後，自己的胸口就驚人地變輕鬆了。

從昨天開始就沉澱在心底深處的某種東西消失得無影無蹤。

（啊啊……真的……真的鬆了一大口氣……）

就像卡在胸口的刺拔出來了一樣，內心充滿得救了的安心感。

原本沉悶的心情，現在就像是萬里無雲的晴朗天空一般。

（話說回來……知道新濱同學不是有比自己更熟的朋友竟然會感到安心，我怎麼會有如此膚淺的獨占欲呢……咦？）

突然有種不太對勁的感覺。

如果自己的心情是來自朋友很少的獨占欲，那麼舞同學與美月同學跟除了我之外的女生朋友表現出親密的模樣時，應該也會產生同樣的感情才對——但是想像時內心並沒有出現什麼騷動。

（？這是怎麼回事……？就算確實是獨占欲，但是跟朋友被搶走的恐懼好像有點不太一樣……？）

「咦，怎麼了嗎，紫条院小姐？泡太久頭暈了？」

「啊，沒有，我也還沒自我介紹呢。再說一次，我是紫条院春華。我才是常受到妳哥哥的照顧呢。」

不小心陷入沉思的我急忙自我介紹，在浴缸裡輕輕行了一個禮。

「嗯，請多指教！哎呀，原本覺得真是個可愛的姊姊，沒想到是傳說中的紫条院小姐！我早就想跟妳見面了！」

「傳說中的意思是……新濱同學說了那麼多關於我的事情嗎？」

「那是當然啦！像是看太多輕小說造成成績變差，結果被伯父下達禁止令之類的事情！」

「咦咦！」

真……真是的，新濱同學！到底都跟妹妹說了些什麼啊！跟香奈子小妹還是初次見面，結果就害我喪失身為姊姊的威嚴……！

「不過基本上他都是不停稱讚妳喔。」

「咦……」

「他總是說妳是很棒的女孩子。像是能跟妳一起用功真的很開心、跟妳一起逛校慶實在太高興了之類的，我聽紫条院小姐的事情聽到耳朵都快長繭嘍。」

「這樣……啊……？」

完全沒有想到新濱同學在家裡會提到那麼多關於我的事情。害羞與開心的心情交雜在一起，臉頰不由得開始發燙。

「聽他說姊姊身為女孩子的各種能力都極為優秀，即使看過照片還是會懷疑真的有這樣的人嗎……不過在傾盆大雨當中還為了我這個陌生人衝刺了那麼長一段距離，真的是連內在都很完美的人。」

「真……真是的。請不要這樣調侃我了。幫忙把掉了的錢包送回去這種小事根本不算什麼。」

雖然真的沒什麼大不了，但香奈子小妹不知道為什麼以有點驚訝的表情說著「那樣還不算什麼嗎……」。

「不過新濱同學竟然有一個這麼可愛的妹妹……那個，抱歉。因為我是獨生女，所以妹妹對我來說相當新鮮……我知道這樣很沒禮貌……但可以讓我摸摸妳的頭嗎……？」

嬌小又充滿活力的香奈子小妹就像調皮的小貓一樣可愛，讓我忍不住想要撫摸她的頭。

「嗯，完全沒問題喔！把我當成妹妹盡情地疼愛——呀！」

得到許可的我開始觸碰並且靜靜撫摸香奈子小妹的頭髮。

跟對小動物這麼做的時候一樣，光是這樣的行為就給我極具誘惑性的幸福感。

「呵呵，香奈子小妹的頭髮果然很漂亮。」

「嗯，呀啊，等……等一下……！這比想像中還要舒服……！裸體泡在同一個浴缸裡，嗯，被……被像是公主的美少女緩緩撫摸頭部……呀，腦……腦袋像快要融化了……！」

就像跟貓或者狗玩時很容易忘記時間一樣，這個時候我就在極為幸福的狀態下，專心地撫摸著香奈子小妹的頭。

因此沒能立刻注意到香奈子小妹以斷斷續續的聲音說了些什麼，以及她的臉越來越紅等事情。

「這……這就是天然呆大小姐的威力……啾……」

「……啊！香……香奈子小妹！為什麼臉變得這麼紅，發生什麼事了嗎？是不是泡太久了？」

變得跟熟透的章魚一樣紅的香奈子小妹就快要沉進浴缸裡，於是我急忙把她救起來。

＊

「剛才真的很抱歉……因為撫摸香奈子小妹實在太開心，一不小心就入迷了……」

在裹著浴巾的狀態下，我對香奈子小妹低下頭來。

身體已經變得十分暖和的我們離開浴室，目前站在脫衣處（兼洗臉台）前面。

香奈子小妹從浴缸裡出來後就立刻恢復了，但是身為年長者沒有注意到年紀比自己小的女孩子泡澡泡到頭暈，這實在是很丟臉的一件事。

「啊，沒啦，頭暈的原因不是因為泡熱水……嗯，算了。我把替換衣服物放在這裡喔。」

「抱歉，讓妳這麼費事……」

先行換上T恤與短褲的香奈子小妹，這時把拿來給我更換的衣服放到籃子裡。

內衣褲在泡澡時已經放進烘乾機烘乾了，但容易受損的上衣與裙子就不能這麼做，所以只能接受她的好意。

「那麼我去泡茶，換好衣服後就到客廳來！」

留下這句話後，香奈子小妹就消失在走廊的另一端。

（……咦？雖然有點太遲了……不過香奈子小妹既然是新濱同學的妹妹……那不就表示這裡是新濱同學的家嗎？）

真的事到如今才想起這件再正常也不過的事實後，我發現站在洗手台鏡子前面的自己已經羞紅了臉。

（也……也就是說，我在新濱同學家脫光衣服泡澡……哇……哇啊啊啊啊……！）

來到平常新濱同學也在使用的浴室，裸體浸在浴缸裡——

這個事實讓我感到很不好意思。

（現在好像除了香奈子小妹就沒有其他人在家……我……我看還是先換上衣服吧……！）

穿上烘乾的內衣褲，接著把對方交給我的大件襯衫穿上去。

胸口的地方雖然有點緊，不過還不至於難以呼吸。

「咦……？」

當我扣著襯衫袖子的鈕釦時，就看到籃子裡有一張紙條。

上面以應該來自香奈子小妹的圓潤字體寫了一些字。

「春華姊的胸部絕對穿不下我的衣服，媽媽的應該也會很緊，所以我放了老哥的襯衫♪」

「！」

（這……這是……新濱同學的襯衫嗎！）

知道這件事的同時，我的臉又是一陣羞紅。

而且紅得比剛才還要誇張。

新濱同學平常穿的襯衫，現在正包裹住我的全身——光是這麼想，感情就產生火熱的混亂，實在無法繼續保持平靜。

（啊，不過確實是跟女孩子不同……是男生的氣味……）

在只穿著內褲與內衣，身上罩著前扣式襯衫的狀態下，我的手停了下來。

穿著新濱同學的襯衫，讓我籠罩在他的氣味之中。

一想到這裡，滾燙的思緒便整個外溢，讓我根本無法思考其他事情。

沒錯，所以——之後的行動一定就是因為這樣才會如此不正常。

（就跟校慶肩靠著肩坐在一起看天象儀時一樣……確實能聞到新濱同學的味道……）

這是我下意識中的行動。

真的、真的是下意識之中。

但我確實把穿過新濱同學襯衫袖子的手移到嘴邊——

透過鼻子來確認他的氣味。

*

我——因為穿越時空而重新度過第二次人生的高中生新濱心一郎，像是被雨聲追趕一樣衝進自己家裡。

「啊啊真是的，雨也太大了吧……！」

在玄關收起雨傘的我，嘴裡抱怨著突然下起的大雨。

雖然天氣預報確實說過今日會是晴天轉有雨，但是雨量卻遠遠超過預報。

今天只是在圖書館裡看看書……如果能提早一點回來就好了。

「嗚……雖然撐了傘，還是都淋濕了。」

吸收到雨水而變重的褲子跟弄濕後變冷的襯衫袖子都讓人覺得很不舒服。

看來得換衣服了，這麼想的我跨過玄關的門檻。

我們的家族成員雖然有三個人，但擺放在玄關的近十雙鞋子幾乎都是媽媽與香奈子所有。

而她們有哪些鞋子這種事情我當然不是很清楚——這個時候完全沒有注意到裡面有一雙家人之外的鞋子。

（嗯……從廚房傳來聲音……這就表示香奈子回來了。）

才剛想怎麼傳來一大堆雜音，就聽見她喊著「呀！茶……茶葉都跑到茶壺裡面去了！」，這傢伙難得會想自己泡茶，結果似乎陷入苦戰了。身為女孩子的她，在家事方面的能力還是完全不足。

（說到女孩子……紫条院同學昨天去參加了女孩聚會嗎？真令人羨慕。我也想見到紫条院同學……不過要找什麼藉口呢……）

雖然一直都有傳簡訊，但因為放暑假，所以最近都沒直接見面。老實說，我很想念她的身影。

這個時代講電話時想要視訊也不是那麼容易的事情。

「……好想見她……」

我一邊這麼呢喃，一邊理所當然地走向洗臉台。

淋雨後身體到處都濕了，必須把衣服放進洗衣機，也想拿條毛巾。這些真的都是很自然的行動。

我注意到洗臉台那裡的燈開著。

但香奈子人在廚房，車子也還沒回到車庫，所以媽媽顯然還沒到家。因此認為單純是忘記關電燈的我又何罪之有呢？

就這樣，我拉開通往洗臉台的拉門，

帶著輕鬆的態度，全力把門拉開。

然後——

「呀……！」

「————————」

目視到應該不可能出現的存在，不可能聽見的聲音則震動著鼓膜。

我的腦袋因此而短路，思考能力暫時停止。

兩秒鐘後腦袋再次啟動，這時浮現在腦海的是幻覺、妄想、白日夢等這些跟誤認現實有關的字眼。最後做出她不可能在這種地方，這不過是我膚淺願望顯現的虛像這種和平的結論。

……但逃避現實也只能到此為止了。

腦袋無情地恢復正常，對我宣告一切都是現實。

我心儀的少女——紫条院春華在露出肌膚的狀態下，站在我家的洗臉台前面。

（啥……咦……什……呼啊……！怎……怎麼回事？這不只是搞不清狀況而已……！事情怎麼會……到底是哪裡出現了Bug才會變成這樣？）

等等，因為真的太奇怪了……！

跟平常一樣回到家裡，就發現紫条院同學站在我們家洗臉台前面，身上罩著前面鈕釦全開的襯衫。

如果現實可以出現這種不合邏輯的莫名其妙發展，那麼某一天魔鬼終結者突然在客廳啜著茶也是有可能發生的事了。

「新……新新新……新濱同學……！啊……啊……啊啊啊啊！不……不是的！是真的不得已才會借這件襯衫來穿，我怎麼可能有喜歡聞味道這種變態的興趣……」

紫条院同學迅速放下靠近嘴邊的手臂，原本應該發出悲鳴才對，但她卻不知為何臉逐漸變紅並且因為莫名的理由而露出驚慌的模樣。

「請……請相信我……！這樣下去會被認為是有特殊癖好的女生，然後再也活不下去了！」

「等等，紫条院同學！前面！前面！」

含淚訴說著什麼的紫条院同學不斷朝我靠近。

但她目前身上只罩著一件沒有扣鈕釦的襯衫，幾乎算只穿內衣褲的少女身體就這樣往我的視界進逼。

包裹在粉紅色內衣底下的兩顆巨大果實、平時隱藏在裙子裡的內褲、雪白緊實的腰部與煽情的肚臍——我內心的男性本能讓我把視線緊盯在原本不可能拜見的肢體上。

「服……服裝！請想一下自己目前的服裝！幾乎是裸體喔！」

「咦……啊……呀啊啊啊啊啊啊！抱……抱歉……！」

像是終於對自己的裸露程度有所自覺，紫条院同學臉紅到讓人不忍卒睹的地步，用手拉緊襯衫直接蹲了下去。

看來我的精神容量爆發的事態在千鈞一髮之際得以解除——

（等等，但是……這究竟是什麼狀況？說起來為什麼紫条院同學會裸體出現在我家呢？實在是摸不著頭緒……！）

「老哥……」

「香……香奈子！不是啦，這不是……！」

聽見騷動後趕過來的妹妹，以輕蔑的眼神看著我。

不是啦，等一下……！我承認看見紫条院同學穿內衣模樣的罪，但這樣就瞧不起我不會太過分了嗎？

「沒有啦，我知道是怎麼回事……」

香奈子呼一聲嘆了口氣後才這麼呢喃。

「咦？」

「通常被雨淋濕了的話，回家就會到洗臉台，然後媽媽偶爾會買新鞋，要你注意到紫条院小姐尺寸跟媽媽差不多的鞋子也有點困難。說起來呢，是專心泡茶，沒有注意到老哥回來的我最不對。」

「哦……哦哦……！」

在如果是戀愛喜劇絕對會被揍飛出去的場景之中，冷靜做出考察的妹妹讓我相當感動。

妳這傢伙竟然能做出如此理性的思考，哥哥我很感動喔香奈子！

「不過——」

「咦？」

咦，妳為什麼要繞到我背後？

「就算是這樣，老哥還是得對看見紫条院小姐穿內衣的模樣付出代價，然後想要解決這種極複雜的情況，還是只能靠戀愛喜劇漫畫的老哏了吧！因此雖然很不講理，嘿呀啊啊啊啊啊啊！」

「嘎噗啊！」

香奈子加上助跑的跳踢在我背上炸裂，被踢飛出去的我啪嚓一聲趴到走廊上。

半裸的紫条院同學雖然因為擔心而出聲說了句「新……新濱同學！」，但沒辦法把視線移往該處真的讓人很難過。

應該說……該有人來說明一下狀況了吧……？

▶第七章◀ 春華受到新濱家的歡迎

「沒想到有這種事……」

我、紫条院同學、香奈子三個人坐在新濱家客廳的桌子前面。

洗臉台前的騷動之後，跟換完衣服的紫条院同學以及香奈子一起來到客廳——現在才終於聽完說明。

「竟然為了香奈子在雨中奔跑……真是太謝謝妳了，紫条院同學。香奈子，妳也要再跟人家說聲謝謝。」

「嗯，當然沒問題了！春華姊謝謝妳！」

「哇……哇哇……！兩個人請別再低頭了！真的只是撿到錢包而已！」

我們兄妹倆低下頭來道謝後，紫条院同學就露出慌張的模樣。

不過香奈子——妳竟然稱呼今天才遇見的人「春華姊」……雖然紫条院同學看起來完全不在意啦……

「還有那個……剛才在洗臉台前的事情真的很抱歉……因為我跟香奈子的不小心而犯下了

大錯……」

「別……別這麼說，純粹是意外……那個，抱歉讓你看到傷眼的東西了……」

紫条院同學感到羞澀的發言，讓剛才在洗臉台看到的光景重新閃過我的腦海。

紫条院同學雪白的肌膚。

看見這個世界上最喜歡的女孩子，只穿著單薄襯衫與貼身衣物的模樣其實不會興奮，反而覺得美到像是女神——就這樣烙印在眼瞼上遲遲沒有消失。

（而且……紫条院同學現在穿的還是我的襯衫……）

就像是回想起剛才的「意外」一樣，紫条院同學的臉頰染上紅霞。

露出羞澀模樣的她，用力抱緊自己穿著我的襯衫的肩膀。那種模樣激發了我內心某種火熱的東西。

一想到我的襯衫觸碰到紫条院同學剛泡好澡仍然泛紅的肌膚，我就不由得開始心跳加速。

香奈子露出狡猾的笑容並且說著「呵呵呵，裙子的話拿媽媽的應該沒問題，但是依胸部的尺寸來看，上衣就只能借老哥的了吧～！」，如果她是看透我這股處男造成的動搖，那我只能說「可惡，妳這傢伙的攻擊太有效果了」。

「沒有啦，那個……總之很抱歉……」

「嗯，真的對不起喔，春華姊……不過那才不是什麼傷眼的東西呢，春華姊的肌膚可是價值千金喔。一般來說光是看一眼就可以收三萬圓了。」

「別說這種帶真實感的金額啦，笨蛋！」

不要隨口就把別人內心這麼想卻不能說出口的話丟出來！現在是在客人面前，收斂一下平常那種態度好嗎！

「真是的，別再提那件事了。不過……我稍微放心了。」

「咦……」

喝了一口香奈子泡的茶（由於混雜著茶葉，所以我用濾茶網過濾過了）後，紫条院同學就說：

「雖然是意想不到的形式……但能像這樣跟久違的新濱同學見面還是很高興。因為我剛好也想見你……」

「呼咿！」

紫条院同學帶著微笑所說出來的話，不知道為什麼讓香奈子驚訝到瞪大眼睛。

嗯？妳這傢伙是怎麼了？

「嗯，我也想見妳，所以隔了一陣子還能像這樣看見紫条院同學的臉，我真的很開心。因為最近都只能傳簡訊。」

「哦啊啊！」

像這樣面對面之後，可以明顯知道自己的內心感到很高興。

感覺到快要枯竭的紫条院同學養分（跟紫条院同學接觸就能攝取到的萬能能源）盈滿我的心。

……不過香奈子從剛才就不知道是怎麼了。

「等……等一下，老哥……！」

「嗯？妳到底是怎麼——咕噁？」

香奈子抓住我的肩膀像要用力讓我轉圈般移動我的身體，讓我離開坐在對面的紫条院同學的視線。然後自己把臉靠過來開始小聲地說起話來。

（剛……剛才那是怎麼回事？你們兩個很自然就說出「想見對方」，那完全就是情侶之間的對話了吧！你是什麼時候完全攻略了紫条院小姐？）

（啊……沒有啦，我的感覺也有點麻痺了，但紫条院同學的發言，純粹是她真的這麼想而已，並沒有什麼戀愛的成分在。）

（啥？真的假的？那……那是對朋友說的話嗎……？我是聽說她有點天然呆，但這也太誇張了吧！）

（嗯，能讓她這麼說的男生，目前應該只有跟她最熟的我，從這方面來看應該算是特別吧……很可惜的是沒有加上愛心符號。）

這種天然呆的個性正是紫条院同學至今為止擊退大量男性的防壁，我也還在攻略途中。目前確實縮短了兩人之間的距離，所以不能操之過急。

（順帶一提，我對紫条院同學所說的話一直都是加滿愛心符號。）

（這我知道！不需要這種再清楚也不過的情報！）

香奈子露出「聽到耳朵都長繭了」般的表情，同時細聲吐嘈了我。

……看來平常就讓她聽太多對於紫条院同學的心意了。

「啊哈哈，抱歉喔春華姊，說了一些悄悄話！剛才是因為『不小心說出老哥在家一直提到紫条院小姐♪』一事在跟老哥道歉！」

等等，咦咦咦咦咦咦咦咦！妳這傢伙，到底爆料多少我在家裡說過的話？而且一點愧疚的模樣都沒有，什麼叫跟我道歉啊！

「嗯，我聽香奈子小妹這麼說的時候也覺得又羞又喜……那個，新濱同學？」

「是……是的！」

「請別告訴香奈子小妹太多我丟臉的事情喔。雖然可能會被笑……不過我想要她把我當成一個可靠的姊姊！」

那個……妳指的是哪個部分？我對香奈子說了一大堆紫条院同學的事情，完全無法找出「丟臉的事情」是哪些情節……！

「嗯，因為我在家也經常提到新濱同學的事情，所以沒什麼資格說別人就是了……」

「哦哦，是這樣嗎？妳都說些老哥的什麼事情？」

「呵呵，當然是很多事嘍！像是新濱同學厲害的事蹟、幫了我哪些事情，還有今天聊了些什麼，真的說也說不完！」

面對興致勃勃地探出身子的香奈子，紫条院同學不知道為什麼很開心地說著提到哪些關於我的事情。

她們兩個人真的在極短的時間內就變熟了呢……

「只不過……每次我提到新濱同學的時候，爸爸就像是吃到熊膽般露出苦澀的表情，然後彷彿在忍耐些什麼一樣身體不停發抖。」

果然不出所料，每當出現我的話題時，時宗先生的火氣條就會上升————！別這樣啊！雖然很高興妳能提到我的事情，但不要繼續讓時宗先生的噴火氣條累積下去了！

「啊哈哈哈哈哈哈哈哈哈！春華姊的爸爸太有趣了！看來他的血管快要爆了，加油吧，老哥！」

「妳這傢伙，笑得太誇張了吧！」

完全是以取笑我為樂……！我一想到那場讓我心臟快要爆炸的壓力面試就笑不出來了！

「不過，香奈子小妹真的很喜歡哥哥耶。」

「咦？」

紫条院同學露出感到欣慰般的微笑，結果正在嘲笑我的香奈子像是完全出乎意料一樣僵在現場。

「從剛剛開始，兄妹有互動時妳看起來都很開心。妳跟哥哥的感情真的很好呢。」

「什……什……什……！」

面對紫条院同學沒有其他言外之意的直率感想，香奈子難得說不出話來並且產生動搖。

這傢伙的這種表情真的很罕見。

「怎……怎麼可能嘛！應該說，這樣好像我是兄控一樣！」

「是嗎？剛剛在浴室談到新濱同學時，妳看起來真的非常生氣勃勃……」

看見飆高聲音反駁的香奈子，紫条院同學又追加了軟綿綿的言語攻擊。

其效果相當顯著，讓香奈子的臉變得更加紅了。

「～～～～～！啊——真是的！這個話題結束了！我說結束就是結束了！」

不停揮舞手臂的香奈子強行結束話題。

迅速把臉別開的動作有點可愛。

（太……太厲害了……那個香奈子竟然羞紅了臉安靜下來……）

我再次佩服起紫条院同學的天真無邪。

完全沒有調侃的意圖，單純只是宣告自己感覺的天使發言，因為會映照出對話的人類內心，所以無法反駁。

「呵呵，害羞的香奈子小妹真的非常可愛。我真的很羨慕新濱同學。」

「對吧？雖然對於哥哥的尊敬之心不太夠，但她是我引以為傲的妹妹。」

看著有點在鬧彆扭的香奈子，我跟紫条院同學忍不住笑了出來。

由於香奈子像這樣羞紅臉頰是很罕見的情形，更加讓人覺得這種狀態的她很可愛。

「等一下——！趁亂在胡說些什麼啊，笨蛋老哥！」

「怎麼了嘛，我是真的很以妳這個妹妹為傲喔。」

「可……可惡……！竟然被老哥以竊竊自喜的表情盯著看……！」

哈哈，只是稍微借一下妳平常占用的位置，妳就原諒我吧。

「算……算了，誰教我們是兄妹，我也覺得能好好相處比較好，不過我可沒有想要老哥照顧我喔！喂，你們兩個別再露出那種感到欣慰的微笑了！」

現在臉上的紅潮仍未褪去的香奈子以可愛模樣粗聲粗氣地抱怨著，聽見她這麼說後，我跟紫条院同學臉上暖和的笑容就變得更深邃了。

就在這個時候——充滿平穩氣息的客廳裡，響起了輪胎從柏油路面濺起水花的聲音，以及汽車低沉的引擎聲。

「啊……好像是媽媽回來了。」

還是學生的我們放了暑假，但就業的媽媽今天也得上班。

（今天早上去上班之前，媽媽以感慨良多的聲音說著「你們能放暑假真是讓人羨慕耶……」，過第二次人生的我現在很能理解她的心境……）

社會人士根本沒有什麼暑假。當然更別說春假還是寒假了。

所以社會人士才會羨慕能盡情享受夏天的學生，幻想著在退休前都不可能獲得的長期休假，緬懷一去不回頭的學生時期。

順帶一提，一般的公司還是有盂蘭盆節假期或者天數相同的夏季休假，但我上班的黑心企業當然不可能有如此高級的東西。

當我想著這些事情時，玄關傳來開門的聲音，啪噠啪噠的熟悉腳步聲朝著客廳靠近。

「我回來了！哎呀，好大的雨啊！」

身穿套裝的媽媽以手帕擦拭著頭髮上的水珠，出現在我們眼前。

雖然不像紫条院同學的母親秋子小姐那麼誇張，但媽媽也是看起來比較年輕的類型，外表看起來不像有個已經是高中生的兒子。

由於每天要上班，波浪狀短髮也經過仔細地整理，肌膚的保養與化妝同樣毫不含糊，可以說是專業的職業婦女。

本來——沒錯，她本來是很開朗的人。

只要某個笨蛋兒子別在她面前露出被黑心企業摧殘的模樣，她就是一個能過著充滿元氣與健康生活的人。

「媽媽妳回來啦，今天很早耶。」

「嗯，因為雨越下越大，所以就早點回……哎呀？」

這時母親像是注意到家人之外的存在並因此而不停眨著眼睛。

「啊，抱歉，打擾了……！」

急忙站起來的紫条院同學對著媽媽低下頭來。

漂亮的行禮動作可以看得出她的出身良好。

「啊，好的……那個……是香奈子的朋友……？」

「不，是新濱同學……心一郎同學的朋友，我叫紫条院春華。初次跟您見面！」

「啊，太客氣了……我是心一郎的媽媽新濱美佳……是這個孩子的朋友……？」

紫条院同學雖然有些緊張還是以平常那種花朵綻放般笑容來自我介紹，媽媽則是像腦袋仍未能理解情況般回了一個禮。

「等……等等，心一郎，這到底是怎麼回事？以你的朋友來說，這也太……這位小姐實在太漂亮了吧？」

「喂，這是什麼意思！」

當然我必須承認，她跟我比起來可以說有天壤之別！

「沒……沒有啦，不過說真的這到底是什麼狀況？這麼可愛的女孩是你的朋友，仔細一看之下還穿著你的襯衫……咦……咦？」

糟糕，除了情境之外，還因為紫条院同學是等級封頂的美少女，因此讓媽媽陷入極度的混亂當中。

「嗯，對媽媽來說大概就是『某天回到家發現不起眼兒子把公主般美少女帶回家』的感覺吧。」

「妳這個傢伙，『不起眼』這幾個字是多餘的吧！」

應該說，把人帶回家的是妳這傢伙而不是我！對我來說，能見到久違的紫条院同學當然是很Happy啦，所以內心暗暗想著「幹得好啊My sister！」！

「那個……我會好好說明，妳先冷靜下來聽我說吧，媽媽。雖然我也是剛從香奈子那裡聽說而已——」

我開始對似乎完全無法想像自己的兒子是如何把這樣的美少女帶回家的媽媽說明事情經過。

「是……是這樣啊……！那真是不知道該怎麼跟人家道謝才好……！」

說明紫条院同學送還香奈子的錢包以及之後的事情經過後，媽媽就不斷對著紫条院同學低下頭來。

「別……別這麼說，請不要再低頭了。心一郎同學和香奈子小妹已經跟我道謝到讓我反而點不好意思了……」

受到新濱家所有人低頭感謝的紫条院同學，露出感到有點困擾的模樣。

她應該真的覺得為了陌生人在雨中奔跑這件事根本算不了什麼吧。

（話說回來……「心一郎同學」這種稱呼方式真是悅耳……雖然知道是因為有三個人都叫新濱她才會這樣稱呼，不過紫条院同學直接叫我的名字，還是會感到興奮不已……）

我突然開始妄想起來。

我跟紫条院同學已經發展成她以極自然態度如此稱呼我的甜蜜關係。

「心一郎！」

「嗯，什麼事，春華？」

「呵呵，只是叫叫看而已。」

（太棒了……雖然老套，但紫条院同學應該會願意這麼做……）

當我的腦袋沉浸在粉紅泡泡裡頭時，香奈子就偷偷對我呢喃了一句「老哥，你的表情很噁耶」，這才讓我回過神來。

糟糕，太久沒見到紫条院同學，看來我太得意忘形了。

「話說回來，妳這女孩實在長得太可愛了，阿姨我真的嚇了一大跳……咦？紫条院小姐……該不會是心一郎經常說的那個女孩子？咦……咦咦咦！真的有這個人嗎！」

「喂——！妳之前都覺得我在說謊嗎！」

今世每當媽媽問我「最近學校還好嗎？」的時候，我都會跟她說紫条院同學的事情。我從以前就很懦弱而且容易遭到霸凌，這麼做都是為了讓擔心我的媽媽，知道兒子過著充實的高中生活並且讓她放心，不過——

「沒……沒有啦……！你說什麼跟很可愛又溫柔的女孩子變成朋友，我還以為是為了面子而說的大話……！怎麼會知道真的有一個像公主一樣的女孩子跟你做朋友呢！」

香奈子一開始也是這樣，想不到連媽媽也認為是我的妄想嗎——！

不過如果我是家長，自己個性陰沉的御宅族兒子要是突然說跟美少女成為朋友，可能也會認為是自己孩子的可憐幻想吧！

「那……那個……心一郎同學……在家裡提到我的事情確實讓我感到很開心，不過他是不是加油添醋了許多事情……？我根本沒有那麼可愛……」

「等一下等一下，春華姊超可愛的。關於這一點，我們家的老哥不要說加油添醋了，我甚至覺得他形容得不夠好呢。」

「香……香奈子小妹！」

紫条院同學很害羞般紅著臉頰忸忸怩怩地這麼說道，香奈子則像是要表示「可愛根本不足以形容這種美麗的程度」一樣，以堅決口吻對她這麼說。

而我跟媽媽則默默地贊成她的說法，不停上下點著頭。

「不過……心一郎經常受妳照顧，這下更應該跟妳道謝了。希望他沒有給妳添麻煩……」

「千……千萬別這麼說！我才是受照顧的人……！都不知道該如何感謝心一郎同學了！」

「是……是這樣嗎……？」

紫条院同學熱烈的反應似乎出乎媽媽的意料，讓她直接露出驚訝的表情。

「是的！尤其是期末考的時候真的幫了我很大的忙！心一郎同學放學後一直指導我的功課，他教導的方式真的非常簡單易懂——」

（等等……紫条院同學！）

紫条院同學不知道為什麼以很興奮且高興的表情，流暢地訴說著跟我之間發生過的事情，結果這次輪到我羞紅了臉。

因為她卯足了勁在誇獎我。

什麼為了用功而獨自幫我準備了這樣的資料、即使撥出那麼多時間來指導我，也沒有疏忽自己的功課真是太厲害了之類的，總之就是很愉快地講著這些事情。

「然……然後呢？當時這孩子說了些什麼？」

「我也很在意這一點！」

而且媽媽跟香奈子都超專心聽著她說……

「是的，他對我說『真的很高興妳如此看重我，所以希望能回應這份信賴一直到最後』……我覺得很開心。」

「「哦哦哦哦哦哦哦哦哦！」」

那個，雖然沒有刻意隱瞞，但每句話都像這樣被爆料給家人知道的話，還是會覺得很不好意思……！應該說，媽媽跟香奈子都對自己家人的事情表現得太有興趣了吧！

「然後我就獲得了前所未見的好成績，心一郎同學的總分則是學年第一名！而且不只是這樣，學校的活動還有平常的各種事情他都幫了我很多忙！心一郎同學真的是很厲害又非常棒的人！」

紫条院同學帶著宛如清澈蒼穹般的笑容，堅定地這麼說道。

任何人都能一眼看出她是把內心的想法直接說出來，她的心意讓我感到很開心……不過讓媽媽和妹妹聽見這些事情實在是害羞到了極點，我不由得用手遮住羞紅的臉。

（我說香奈子啊……這女孩難道不只有外表，連內在都是那樣地純真且美麗嗎……？）

（嗯，真的是天使。因為今天才為了把錢包還給素昧平生的我而淋了一身濕喔。）

目擊紫条院同學天使般笑容的媽媽，壓低了聲音對香奈子這麼呢喃。

順帶一提，內容全被坐在香奈子身邊的我聽見了。

（而……而且這種感覺……！難道說……不單單只是朋友，她對心一郎有意思……？）

（嗯……因為有天然呆的成分在內所以很難判讀……不過可以確定老哥在春華姊心中是很重要的存在。）

（怎麼辦……這女孩實在太棒了，連媽媽都想全力幫忙牽紅線了……！）

（呵呵呵，我可是打從一開始就有這個意思嘍，媽媽……！）

媽媽跟香奈子就這樣互相點點頭，然後咧嘴笑了起來。

等等，喂！妳們兩個人為什麼組成莫名其妙的同盟？應該說，母女倆對紫条院同學的好感度也上升得太快了吧……！

面對帶著「所以你要加油嘍！」意思的笑容對著我豎起大拇指的媽媽與妹妹，我因為不知道該如何反應而只能回以曖昧的表情。

咕喔喔……自出生以來首次知道，妹妹也就算了，當自己的戀情受到媽媽聲援時，是這麼讓人搔癢難耐……

紫条院同學在極短暫的時間內就跟媽媽還有妹妹打成一片，我也重新體驗到她天真爛漫的魅力。

俗話說三個女人一台戲，今天客廳完全變成女性們聊天開茶會的地點了。

「然後呢，心一郎同學像是要補上最後一擊般開始烤起講桌上試吃用的章魚燒！大家都嚇得瞪大了眼睛！」

「在……在教室裡烤章魚燒！那……那個孩子在大家面前做出那種事嗎！」

雖然紫条院同學所說的話題幾乎都跟我有關，不過媽媽每次聽見這些事情都會表露出驚訝的模樣。

對媽媽來說，就算兒子變開朗了，應該也沒想到他在學校會變得如此具行動力吧。

「媽媽，老哥不是有一天突然說要舉行章魚燒派對嗎？其實就是為了那個而做的練習喔。」

「啊……啊啊！是那個時候嗎！但……但是，做出那種事情，學校都沒有說什麼嗎？」

「啊哈哈，老師馬上就注意到飄盪在教室裡的醬料香味，但心一郎同學在挨罵前就大聲表示『犯人是我！真是對不起————！』，並且開始以誇張的態度道歉……被他氣勢吞沒的老師也只能警告他一下而已。」

「哎呀……像那種時候，與其蹩腳地隱瞞，倒不如先發制人道歉到讓對方感到不好意思，這樣對方也很難再發怒。」

當然這也是我在社畜時期學會的其中一種謝罪方法。

雖然只對性格耿直而且不是處於暴怒狀態的對象有效果，但加上日本固有的「主動認罪是種美德」的感性，泛用性可以說相當高。

「怎麼說才好呢——我們家的孩子不知不覺間也變堅強了呢……」

聽見以前的我不可能會有的厚臉皮行為後，媽媽雖然發出有些傻眼的聲音，但嘴角還是露出感到安心的笑容。

「是的，心一郎同學以前雖然給人寡默的印象……但現在相當具活動力，而且非常可靠！」

這麼說著的紫条院同學不知道為什麼看起來很愉快，充滿現場的和樂融融氣氛甚至讓人覺得外面的雨算不了什麼。

（現在想起來……目前對我來說非常重要的人都聚集在這裡了……）

前世因為我而很早離世的媽媽、因為這件事而與我疏遠的香奈子、受到同事猛烈霸凌而自殺的紫条院同學——全是我在上輩子沒能好好與其相處的人。

（真的……很耀眼啊。）

望著她們三個人像這樣融洽聊天的模樣，我的眼頭就不禁一陣發燙。

我應該守護的事物，甚至連伸手都沒能辦到的事物。

前世的時候，三個人明明在我眼前展現了她們有多麼珍貴，但我卻沒能拯救任何一人，對於前世產生的猛烈後悔與傷悲揪緊我的胸口。

「啊……聊得太入迷了，已經這麼晚了嗎？我差不多該告辭了。」

注意到客廳的時鐘顯示著已經可以說是傍晚的時間，紫条院同學便準備回家而站起身子，但是——

「呀啊！」

窗外的閃電發出亮光，遲了幾秒鐘後響起震動大氣的雷鳴。

雨勢不但沒有減弱反而越來越強，實在不是能夠在外面走動的天氣。

「這樣的降雨太不正常了……甚至出現像是霧靄的東西……」

「春華姊，這樣要走路回去太危險了吧……？」

「說……說得也是……那只能打電話回家請人開車來接我了……」

「嗯……我剛才回來的時候，開車已經覺得很恐怖了……我們先看一下電視的氣象情報吧。」

媽媽打開客廳的電視後，剛好主播正在宣讀天氣情報當中，跑馬燈出現了「各地交通受突然的豪雨影響而嚴重堵塞」的文字。

「目前市內出現猛烈的降雨，落雷造成一處平交道故障，以及另外還有四件車禍造成的交通事故。各地交通也因此嚴重堵塞，仍不知何時才能恢復。另外由於視界相當惡劣，政府提醒民眾取消包含駕車在內的外出行動。目前公車與電車也全面暫停行駛——」

從攝影棚切換成棚外攝影機後，映照出因為雨勢過強而呈現整片白色的朦朧街景、事故車輛與道路壅塞的模樣，以及因此而水洩不通的塞車狀況。山區與鄰近河川地區似乎都發布了緊急避難警報。

「「「…………」」」

比想像中更加嚴重的狀況，讓在場的所有人說不出話來。

今天早上的預報明明只說是「稍大的雨勢」，現在看起來已經是大幅超出預報的等級了。

「竟……竟然下到這種程度……真令人驚訝。」

「看來我開車回來之後可能就塞住了……雨下這麼大的話，請人開車來接妳也只會塞在車陣裡無法動彈，而且視界這麼惡劣的話也很危險。」

「嗯，絕不能小看致災性降雨時的雨勢……」

我同意著媽媽的看法，同時回想起前世那間黑心公司在下大雨時也毫不在意地表示「不過是下雨！又不是颱風，怎麼可能放假！」並且下達正常上班的命令。

傾盆大雨當中，我在全身溼透的情況下好不容易抵達公司，但開車通勤的同事卻因為視界不良而發生自撞事故，結果肋骨骨折而被送往醫院。

極度強烈的降雨因為會看不見前面，所以就算沒有伴隨著暴風也絕對不能輕視其危險性。

「怎……怎麼辦……這下真的麻煩了。」

看見街上的慘狀之後，紫条院同學似乎感到很頭痛。

紫条院同學的家位於郊外，在交通路線麻痺的現在根本無計可施。就算冒著危險請家裡派車子過來，應該也得耗費許多時間。

「那個……媽媽。還是讓紫条院同學——」

「嗯，我知道。」

察覺我的提案之後，媽媽就理所當然般點了點頭。

既然變成這種狀況，就算對方不是紫条院同學，作為一個人應該做的就只有一件事。

本來身為男性的我實在不應該對來到家裡的女性做出這樣的邀約，但這次是緊急避難措施。

「紫条院同學。妳接下來想打電話跟父母親商量吧，不過在那之前我有一個提案。」

「咦……？」

「在道路狀況恢復之前，妳就繼續待在我家！然後如果今天情況都沒有改善的話就住下來吧。」

*

我——紫条院秋子，是最近出現跟女兒感情很好的男生而覺得很欣慰的一個母親。

雖然大家都說我經常在發呆，但在接到傭人冬泉小姐的報告時，我跟外子就同時變得臉色蒼白。

「咦！春華還沒回來嗎？」

「什……什麼！公車已經停駛了？」

今天的雨勢大到有點異常，由覆蓋在烏雲底下的天空傾瀉下瀑布般的雨，讓從窗戶看出去的外面顯得極為模糊。

冬泉小姐表示春華不小心在這樣的日子外出，目前仍未回到家裡。

「這……實在讓人有點擔心……」

擔任公司社長的老公，平常是由我負責祕書相關的工作，今天跟提早回家的他一起在書齋處理帶回來的工作一直到剛剛才結束……因為精神都集中在困難的文件上，所以在回到客廳之前都沒注意到雨下得這麼大。

「抱……抱歉！今天一直在打掃地下的倉庫，所以很晚才注意到大小姐還沒回家……！」

冬泉小姐在快流下眼淚的情況下不停低頭道歉。

雖說確實請冬泉小姐幫忙照看春華了，但在如此寬廣的宅邸裡面難免會遇上這樣的情形。

「啊……啊啊啊啊春華……！不……不行！像這樣待在家裡的期間，那個孩子可能被雨淋濕而在發抖！不對，在視界如此惡劣的情況下，她甚至可能跌到河裡或者遭遇到交通事故……嗚哦哦哦哦哦哦！女兒啊我現在就過去——————！」

「真是的，你先冷靜下來，老公！工作的時候明明很冷靜，為什麼只要跟女兒扯上關係智商就會降低呢！」

用力抓住像是立刻就要衝出去的丈夫肩膀把他留下來。

真是受不了他！像這種時候，當爸爸的怎麼能不保持冷靜呢！

「這時候不要慌張，先用手機打電話……！」

正當我準備用拿在手上的手機打電話給女兒的時候，就響起了來電鈴聲，螢幕上顯示著「春華」這個名字。

「喂喂！」

「啊，媽媽，我是春華！抱歉讓你們擔心了！」

「真的正在擔心妳呢！不過聽起來好像沒事，真是太好了！」

從她跟平常沒有兩樣的聲音聽起來，應該沒有被捲進什麼麻煩裡面，於是我打從內心鬆了一口氣。

「啊啊，大小姐，太好了……」

「呼，看來是沒有大礙。真是的，讓人這麼擔心。」

從我的表情看出應該沒什麼問題的冬泉小姐放下胸口的大石，老公剛才明明那麼慌張，現在卻露出「唉……真受不了那個傢伙」般的冷靜表情。

「那麼妳現在怎麼樣了？嗯，嗯……咦……咦咦！妳現在人在新濱小弟家？」

「…………啥？」

我驚訝的聲音響徹客廳，老公則是發出痴呆般的叫聲。

他像是腦袋無法完全理解自己聽見的話代表什麼意思，這時候並非憤怒，而是因為太過莫名其妙而陷入茫然狀態。

「咦？為什麼會變成那樣……哦、哦、咦，那麼巧……？咦！在新濱小弟家泡了澡嗎？」

下一個瞬間，原本處於失魂狀態的老公身體整個傾倒，像是斷了線的傀儡人偶一樣啪一聲倒到地板上。

「呀啊啊啊！老……老爺！」

看來是心臟承受不住過度的衝擊，只見他失魂落魄地發出「泡……澡？啊……嗚……？」的呻吟聲，空虛的視線同時在空中游移著。嗯……還是先別管他吧。

「然後現在因為雨下太大，人家提議我今天就先住下來……雖然很過意不去，不過我想接受這份好意。」

「事……事情發展成這樣了嗎？不……不過說得也是。雖然有點驚訝，但在這種情況下我也認為這麼做是最好的選擇！在人家家裡要注意禮貌喔！」

我已經見過新濱小弟，在這場紀錄性豪雨仍不停下著的情況中，也實在沒辦法離開那裡。如此一來，現在就只能在人家家裡打擾了。

「謝謝媽媽！啊，然後新濱同學的媽媽想跟媽媽說幾句話……」

「咦？新濱小弟的媽媽？」

「您好……我是心一郎的媽媽新濱美佳。」

從電話那一頭傳來略為緊張的女性聲音。

雖然本來就想哪一天要跟新濱小弟的家長見面，不過沒想到機會竟然這麼快就來臨了……！

「啊，您好，我是春華的母親紫条院秋子！我們家女兒這次受到您的照顧，甚至還願意收留她在那裡住宿，真不知道該如何感謝你們才好！」

「不……不會，千萬別這麼說……！說起來都是春華小姐幫忙送回我們家妹妹的錢包，才會這種情況……！」

新濱小弟的母親是個非常客氣的人，聽見我的道謝後除了感到過意不去之外，甚至還很貼心地表示「一般來說，實在是不適合讓女孩子在有同齡男性的家庭住宿……但請您理解這次是緊急避難」。

「不不不，您太客氣了！我知道您家的公子是個非常誠實的男孩子，讓春華在您那裡住宿我不會感到任何的不安！」

實際上在這種情況下要去接人的風險相當高，讓春華在那裡待到明天才是最安全的選擇，住宿地點又是值得信賴的新濱小弟家，說起來算是很幸運了。

而且……只要符合社會規範，讓他們兩個人有點「接觸」也不錯。

「呵呵……如果我們家的春華厚著臉皮一直黏在新濱小弟身邊的話，我反而想請您在可容許的範圍內睜一隻眼閉一隻眼呢♪」

「咦……咦……咦！秋子女士是這麼認為的嗎！對我來說，春華小姐是筆墨難以形容的好女孩，所以覺得如果能那樣就太好了……原本還以為您們對小犬沒有太好的印象……！」

「呵呵呵，我很中意新濱小弟喔～嗯，外子有點過度保護，所以還有點困難……不過可以先讓您知道，我的立場是會強力幫他們兩個『加油』喲！是的……嗯……是的！那麼也請您好好地『守護』他們兩個人吧！」

看來對方家裡也很中意春華，新濱小弟的媽媽也進入牽紅線模式了。女兒的戀情又有進一步的發展，讓我不由得笑得更加燦爛了。

「小女若有什麼不周到的地方，還請多多見諒！如果天氣回復的話，我們可以派人過去接她，但照這種雨勢來看，我想應該會在府上叨擾一晚才是——」

「叨……擾……一……晚……？」

依然倒在地上，靈魂似乎尚未回到現實的老公，聽到這句話的瞬間立刻有所反應。

「叨擾一晚……叨擾一晚……？妳……妳妳妳妳妳說……要叨擾一晚嗎啊啊啊啊——————？」

瞬間撐起身子的丈夫發出世界末日來臨般的吼叫。

啊，這下糟了。

「咦，剛才的聲音嗎？嗚呵呵，沒什麼喔！那就這麼決定，我先失禮了！」

「等等！等等啊秋子——————！」

我無視大聲提出訴求的丈夫，硬是掛斷了電話。

再這樣下去，丈夫多餘的聲音將會完全被對方聽見。

「喂——！為什麼掛掉電話？絕對要阻止春華住在那個小鬼家裡才行吧！這跟住在女生朋友家完全不一樣喔！」

「嗯，老公的話也有道理。我也認為一個高中生住到男孩子家裡有點太過分了。」

在天下太平的時候春華要是說「今天晚上要住新濱同學家」的話，就連我也無法答應。雖然支持她跟新濱小弟的戀情，但這是身為家長的底線問題。

「對吧！那樣的話……！」

「但目前這種狀況就另當別論了吧？如果可以去接她回來的話當然會派車，但在視界如此惡劣的情況下去接春華的話，對開車的人還有搭車回來的春華來說都很危險吧。而且時間已經很晚了，你也知道必須以住宿為前提才行吧？」

嗯，雖說是不可抗力，不過難得有這個機會能住在那裡，還是希望他們能在高中生可以容許的範圍內增進彼此的感情啦♪

「嗚咕……！是……是這樣沒錯……嗚嗚……咕嗚嗚嗚嗚嗚嗚嗚……！」

我指著窗外傾盆大雨的光景這麼說完後，老公就發出懊悔的呻吟聲。

即使理解我說的話再正確也不過，但感情上還是無法接受這件事，看來他的內心甚至已經在淌血了。

「但……但是，這樣下去那個小鬼會跟女兒在同一個屋簷下度過一個晚上……！要是看見春華剛洗好澡的模樣，那個畜生興奮起來而變成野獸的話……！啊啊啊啊啊啊啊啊啊啊啊啊啊啊啊啊啊啊啊啊！」

「由實踐過的你來說特別有真實感呢。」

嗯，我們那個時候兩個人都是成年人了。

真是年少輕狂啊。

「嗚嗚嗚……說起來是什麼樣的偶然讓春華到那個傢伙的家裡……啊……！難道……是那個小鬼的奸計？」

「什麼？」

「預測到這場大雨而把春華叫出去，讓全身溼透的那個孩子進去泡澡，然後直接跟他的家長見面。看見天使般的春華後不可能有家長會不滿意，在強降雨的幫助下發展成在那裡過夜，然後直接在夜裡避開家人的耳目……！」

「等等，新濱小弟要如何預測到天氣預報完全失準的這場大雨呢？那個孩子是超能力者還是未來人嗎？」

老公似乎沒有聽見我的吐嘈，擅自讓腦袋裡的妄想變得更加誇張，然後自己越來越是氣憤。

「這臭傢伙別想得逞啊啊啊啊啊啊！喂，我現在就去開車然後去接春華回來！回到家不知道幾點了，但我一定會把春華帶回來……！」

「啥？等……等一下，老公！在這種惡劣的天氣之中，你到底在胡說些什麼啊！冬泉小姐！幫我把這個過度溺愛女兒的笨蛋社長壓住！」

「好……好的！請冷靜下來吧，老爺！社長要是在這種雨勢下遭遇事故的話，公司該怎麼辦呢？」

「放……放開我——————！身為一個父親，我絕不能接受女兒住在有男性的家裡啊啊啊啊啊啊啊！」

架住老公的我鎖住他的臉，結果這個被大眾稱為「天才社長」、「時代的成功人士」的男人，就像一個鬧彆扭的孩子一樣大叫並且掙扎著。

＊

「那個，因為得到爸媽的許可了，那麼承蒙伯母的好意，我就在這裡打擾一晚了……不過，真的可以嗎……？」

「嗯，當然可以了！把這裡當成自己的家吧！」

紫条院同學畏畏縮縮地問道，媽媽則是露出滿臉喜色來回答她。

看來她很中意性格、外表以及可愛度都頂天的紫条院同學，目前就跟孫子來家裡過夜的老奶奶一樣開心。

（話說回來，電話快掛斷前好像傳出時宗先生的吼叫聲……算了，一定是我想太多。肯定是這樣沒錯。）

紫条院同學住下來是不可抗拒的事態。

時宗先生應該也知道我沒有任何罪過才對。嗯。

（不過……紫条院同學住在我家，冷靜一想就覺得這是一件不得了的大事……嗚哇，到了這個時候才開始心跳加速……！）

跟媽媽建議讓紫条院同學住下來的人是我。

不過是遭遇天災時應該互相幫助這種身為社會人士的常識與理性讓我這麼做，即使理解其代表的意義，依然沒有什麼真實感。

「嗚呵呵……太好了，老哥。過夜喲，過．夜！這根本是要人度過一個火熱夜晚的事件嘛！下次應該要請形成這種情境的妹妹吃三球冰淇淋了吧！」

「夠了，別露出那種奸笑。還有雖然是很感謝妳，不過還是要反省掉了錢包這件事喔。」

真是的……我都已經無法對這個突然冒出來的事件保持平靜了，這傢伙還露出「事情變得很有趣了！」的低級表情。

「那麼，媽媽馬上展現手藝，做一些菜來……咿！」

媽媽的手機突然響起來電鈴聲，聽見鈴聲的職業婦女發出了細微的悲鳴。一看見她的樣子，我就完全理解是什麼樣的電話了。

嗚哇啊……打來了嗎……

「是的，我是新濱……啊，是的，這邊下了大雨今天所有人都返家了……咦……咦咦咦！啊，沒有，是的……是的……那麼我現在立刻進行，盡量在明天以電子郵件傳送過去……是的，了解了……那麼就先這樣……」

進行著跟過去的我一模一樣的對話，然後媽媽就以無精打采的表情掛掉電話。果然正如我的預測，應該是謀殺社會人士私人時間的通知。

「那個，很抱歉……！其他的營業處打來說有必須在明天前完成的資料，現在就得立刻著手進行！所以心一郎，真的很不好意思……！」

「嗯，就由我來準備晚飯吧。媽媽妳去忙妳的工作。」

「真是的，你最近真的優秀過頭了讓人有點害怕，不過真的幫了我很多忙！那麼紫条院小姐，雖然很突然，不過我要先去忙一下了！」

「啊，好的，請不用介意。您先忙自己的工作吧！」

「嗯，真的很抱歉，那我先去忙了！啊啊真是的，我最討厭家庭生活因為一通電話就被職場侵蝕的情形了！」

目送抱著筆電走向自己房間的媽媽離開，我也忍不住跟著不停點頭。在家裡的時候要是接到公司的電話都會立刻變得臉色蒼白呢。

「好吧，那我去準備一下晚飯，紫条院同學就跟香奈子一起在客廳看電視吧。」

「咦！我知道新濱同學會做菜，不過還會幫全家人準備餐點嗎？」

「是啊，不過也不是每一次啦。我本身不討厭做菜，為了幫身為職業婦女的媽媽減輕負擔才會偶爾下廚。嗯，以男高中生來說，做這種事可能有點奇怪……」

「不會，我覺得很厲害，一點都不會奇怪喔！爸爸也說過『今後雙薪家庭會越來越多，男性不會做家事和煮飯的時代幾乎已經結束了』！」

哇，時宗先生應該是五十多歲……這方面的觀念真的很年輕呢。

「啊，順帶一提我都是負責吃！就連荷包蛋都不會煎喔！」

「妳至少要學會泡茶時茶葉不要掉進茶壺裡面啦。」

真是的，這個妹妹平常明明老是炫耀自己多受歡迎，但是卻完全不精進女生在家事方面的能力。

「算了，長大成人之後好像也不會做菜，應該是生理上討厭下廚吧……」

「啥？長大成人之後？」

「啊，沒有啦，沒什麼事。那我要躲到廚房去了，妳們兩個在這裡休息一下吧。」

把不小心洩漏出去的未來情報蒙混過去後，我就把兩個人留在客廳朝著廚房走去。那麼……要煮些什麼呢？

「嗯……真的只有一些很普通的食材……」

本來為了招待紫条院同學這個客人，我是很想做些體面的料理，但因為沒有任何事前準備，所以還是只能做些家常菜。

「涼拌秋葵……醋漬小黃瓜、海帶還有鮪魚……加上紅蘿蔔與白蘿蔔的味噌湯……啊，有剝皮魚。這個只能用燉煮的了。」

「好棒！甜甜鹹鹹的燉煮魚肉很下飯，我很喜歡這道菜喔！」

「嗯，可以說最適合拿來配飯……等等，紫条院同學！」

回過頭一看，發現穿上媽媽圍裙的紫条院同學正露出微笑站在那裡。為……為什麼到廚房來？

「為……為什麼做這種打扮？」

「是我拜託香奈子小妹拿伯母的圍裙借給我的。雖然知道靜靜等待才符合作為客人的禮儀，不過……可以的話我想跟新濱同學一起做菜。」

「咦……」

有著一頭美麗烏黑長髮的少女，帶著炫目的開朗笑容這麼對我宣告。

「打從聽見新濱同學要做菜開始，我就一直這麼想了。我認為一起站在廚房邊聊天邊煮飯，然後還能一起用餐的話，一定會成為很美好的一段時間吧！」

在我的襯衫上圍上圍裙的紫条院同學坦率地這麼說著，那種模樣讓我像個少女一樣羞紅了臉。

（怎……怎麼這麼可愛……！不……不行，冷靜下來……已經經歷過好幾次這種天然純潔的善意了吧！我的處男腦也差不多該學會不要因此而慌了手腳！）

當然這種事情根本辦不到。不論是不是處男，最喜歡的女孩子對你說「想跟你一起煮飯」的話，怎麼可能不感到怦然心動呢。

「我跟媽媽還有傭人冬泉小姐一起做菜時都很開心，所以也想跟新濱同學試試看……那個，果然會給你添麻煩嗎……？」

「不不不！一點都不麻煩！正如紫条院同學所看到的，這裡的廚房雖然不像你們家那麼大，不過妳願意幫忙的話我還是很開心……！」

「啊啊，太好了！那就請多多指教了。主廚是新濱同學，請盡量做出指示吧！」

不知道為了什麼而那麼高興，只不過是決定兩個人一起在廚房裡做菜，紫条院同學就露出花朵綻放般的笑容。

（話說回來……紫条院同學好像完全沒有在男同學家住一晚的緊張感……！反而因為這種狀況而顯得很興奮耶！）

又不是美少女遊戲，說是住一晚其實也不過吃個飯然後稍微聊聊天就睡覺了。

……這種符合常識的預感，在顯得特別開心的天然呆少女面前很快就被瓦解了。

*

「新濱同學，加到味噌湯裡的紅白蘿蔔都切成長條狀就可以了吧？」

「嗯，麻煩妳了。切成扇狀也可以，我們家通常都是扇狀。」

「好的，了解了！」

在把魚放到鍋子上的我旁邊，紫条院同學發出充滿元氣的回答。

幸好我們家的廚房有三個瓦斯爐口以及容納得下兩個砧板（切肉與切菜用）的空間，要兩個人進行作業並不成問題。

「～～♪」

紫条院同學以咚咚咚的節奏切著紅蘿蔔與白蘿蔔。

雖然是社長千金，卻以相當熟練的手勢切著菜，可以看出她平常就有下廚的經驗。

「…………」

而我終於忍不住著迷地凝視著她的這種模樣。

穿著圍裙的紫条院同學，在我們家的廚房煮味噌湯。

簡直就像太太或者媽媽一樣面對砧板彎起背部，幫這個家準備著晚飯。

屬於青春美麗回憶的心儀女孩，出現在前世的我永遠失去的這個家裡……我的目光完全被這種珍貴的奇蹟般光景奪走了。

「咦？怎麼了嗎，新濱同學？你怎麼好像在發呆……」

「啊，沒有啦，抱歉。我在回想做這道菜的順序。」

我像是要隱藏害羞的心情一樣把事情帶過，為了烹調下一道菜而準備從冰箱拿出新的食材。

就在這樣的情況中，通過正在切味噌湯用蔬菜的紫条院同學背後——就聞到女孩子的甘甜香味，結果我的臉一瞬間開始發燙。

（嗚……嗚哇！剛才有股好香的味道！不……不行。可能是隔了許久才又見面吧，對於紫条院同學的魅力太過敏感了……！）

宛若春風般令腦袋融化的香氣、呼吸、肩膀稍微互碰時所感覺到的微熱體溫……這一切全讓我的處男迴路開始發燙。

看來兩個人站同一個廚房，是比想像中更加危險的行為……！

「味噌湯的料切好了！我把它們放到鍋子裡去嘍！」

「呃，嗯。拜託妳了。不過……感覺紫条院同學好像很開心呢。」

「是啊！雖然完全沒想過會住到新濱同學家，不過總覺得很興奮！跟香奈子小妹還有伯母談話，還有像這樣製作其他家庭的料理都很有意思！」

就像外面完全沒有下著豪雨一樣，紫条院同學以太陽般的笑容這麼說道。

彷彿首次外宿的小孩子，以純粹的心情說出「很有意思」的模樣非常耀眼。

「而且……現在我整個人覺得很輕鬆。」

「嗯？覺得很輕鬆？」

「是的，其實……從昨天開始就煩惱著某個人的事情，心情一直像是有鉛塊壓在胸口般沉重。」

「妳……妳說什麼！」

紫条院同學口中說出的「煩惱」兩個字，讓我的臉上失去血色。

因為上輩子讓紫条院同學走上毀滅性結局的元凶，就是她內心的煩惱與痛苦。

抱持著苦痛的她，不斷累積心靈的廢棄物，最後造成了難以挽回的憾事。

雖然這是成人之後才會發生的事情，不過在我大量介入的今世，原本的命運也可能產生重大變化。因此未知的毀滅旗標在高中時期就偷偷接近她也不是什麼奇怪的事。

「是……是什麼樣的煩惱？騷擾嗎？還是跟蹤狂？拜託不論是多小的事情都可以跟我說！就算不是我，只要跟秋子小姐或者時宗先生說應該也有辦法解決才對……！」

可惡，讓紫条院同學感到痛苦的到底是哪個混球！雖然不知道是男是女，搞不好得把他揍扁才行……！

面對我焦躁又怒氣沖沖的模樣，手上依然拿菜刀的紫条院同學露出愣住的表情好一陣子——最後才像覺得很有趣般發出輕笑聲。

「啊，沒有啦，抱歉。新濱同學以極為嚴肅的態度擔心我的『那個煩惱』，除了讓我很開心外也覺得很有意思……不過不要緊了。那是到今天早上的事情，知道是自己想太多後煩惱完全解決了。」

「是……是這樣嗎？」

從剛才開始，紫条院同學看起來確實不像為了什麼事情而在煩惱。

她不是擅長隱瞞這種事情的女孩子，看來煩惱是真的解決了。

（那就好……不過她為什麼一邊說一邊一直盯著我的臉看？）

「難道說……那個煩惱跟我有什麼關係嗎？」

「嗯……這個嘛……」

當我這麼一問，紫条院同學就不知道為什麼有點臉紅並且開始含糊其辭。

接著就這樣沉默了幾秒鐘——

「呵呵，因為有點害羞……所以是祕密。」

臉頰依然帶著紅暈的紫条院同學露出淘氣的笑容，把食指放在嘴巴上這麼呢喃道。

雖然她所說的祕密很讓人在意，但我的注意力全被通常都是有話直說的紫条院同學難得出現的羞澀表情加上「噓～」的動作奪走了。

「祕……祕密嗎……那就沒辦法了。」

感覺從剛才開始，著迷地看著紫条院同學的時間就比做菜的時間還要長。

「嗯，不過有一天會跟你說……啊，新濱同學！燉煮剝皮魚差不多要完成了！」

「啊，糟糕！等等，味噌湯的料應該也都軟了吧？」

「啊，真的耶！那我要把味噌加進去嘍！」

在鍋內的水煮開了的聲音催促下，我跟紫条院同學都回到自己的料理上。

然後接下來的動作就很快了。

或許是雙方開始有默契了吧，我們的步調隨著調理程序越來越一致。

「我切好小黃瓜了，妳那邊用水泡開的海帶怎麼樣了？」

「嗯，確實變回水嫩嫩的海帶了，可以拿來涼拌嘍！啊，秋葵抹過鹽放到那邊了！」

「謝啦！啊，然後我還想多做幾道菜，所以讓我開始著手追加的煎蛋捲跟蘆筍培根捲吧！」

「啊，新濱同學太狡猾了！那其中一道就交給我吧！」

正如紫条院同學所說的，兩個人一起做菜真的很開心。

跟氣味相投的對象進行共同作業，會讓心靈感到很富足。

默契十足的行動讓人愉快，互相意識到對方的存在並且彼此信賴的感覺，給予我們像是在運動中合作的激昂感。

然後，這可能是只有我自己才有的感覺——烹調我們家的晚飯這種日常的循環當中有她的存在、喜歡的人融入我最平常的世界，這些事情讓我感到非常開心。

此時除了原本的菜色外，我還為了延長這段歡樂時光而提議追加品項，於是我們就相視而笑，並且不斷消化完成所有料理所需的工程。

歡樂時光真的總是過得特別快。

*

「香奈子，妳在做什麼？」

「哇哇！媽媽，妳完成工作了嗎？」

我——待在走廊上的新濱香奈子因為突然被媽媽搭話而慌了手腳。

「沒有啦，想稍微上個廁所休息一下，才剛從房間裡出來而已……妳到底在做什麼？看起來像是躲在柱子後面偷窺廚房……」

「這個嘛……總之妳先看那個！」

「咦？……咦！春華小妹也一起做飯嗎！」

我指出的前方，可以看到在廚房一起做菜的老哥和春華姊。

當時春華姊跟我說「因為想幫忙煮晚飯，所以有個不情之請，可以把圍裙借給我嗎？不能因此而弄髒了新濱同學的襯衫……」，我發出「一起做菜的事件來了！」的喝采，在內心不停咧嘴笑著的同時很乾脆地答應了她的請求。

然後我就全力開始在旁邊看熱鬧。

原本期待在那個好不容易才能容納下兩個人的廚房會發生手互相觸碰的意外，或者老哥對穿著圍裙的春華姊心跳加速等等酸酸甜甜的狀況……

「哦哦，紫条院同學的煎蛋捲好有彈性，看起來很美味呢。」

「呵呵，多謝誇獎。新濱同學的蘆筍培根捲也是光看就很興奮。有種便當主菜的感覺！」

「現在才這麼說好像有點晚了，不過紫条院同學做的好像都是家常菜……對我來說，能夠共享這種普通的配菜真的很開心。」

「因為我可是喜歡吃炒麵的女孩啊！」

「啊哈哈，確實是這樣！話說回來，現在剛好是舉行祭典的季節——」

從廚房傳出這樣的對話與溫暖的笑聲。

一開始雖然符合我的期待，老哥因為跟春華姊的近距離而面紅耳赤，但現在卻很自然地彼此交流，變成了充滿和諧笑容的空間。

雖然跟預想的又羞又喜發展有點不同，不過某方面來說算是建立起濃密度超出我想像的兩人世界。

「那……那種溫暖的氣氛是怎麼回事？怎麼說呢……雖然不是害羞又歡喜的氣氛，不過兩人之間的距離很自然地縮短了的樣子？」

「對吧？感覺就像一對年輕的夫妻。」

兩人之的默契隨著完成每一道料理而不斷增溫，在旁邊看的我們也知道他們都很享受那樣的氣氛。簡直就像從以前就是這樣般，兩人之間存在著溫柔的尊重。

嗯？奇怪？這樣的話，應該說是老夫老妻才對吧？

「不過媽媽真是嚇了一大跳……光是真的跟那麼漂亮的大小姐是朋友就好像是作夢一樣

了……關係竟然好到能夠營造出那樣的氣氛……難……難道說這是真的有機會？」

「有啦有啦超級有機會！跟以前的狗屁嘍囉老哥不一樣，現在的超級老哥，靈魂已經變得超帥氣，怎麼可能沒機會呢！」

「為什麼是妳這麼得意洋洋……？」

即使受到媽媽的吐嘈，我依然凝視著廚房裡的老哥他們。

那兩個人和樂融融的模樣讓我感到相當愉快。

那麼完美的春華姊，認可了我的哥哥並且對他抱持好感讓我感到很高興。

「老哥他是真的非常認真……希望能夠順利……」

「呵呵，真的是這樣。如果是那麼棒的女孩子，我也很歡迎喔。」

忍不住脫口而出的呢喃，像是讓媽媽感到很欣慰般輕笑了起來。

（啊——真是的，你真的要努力一點啊，老哥……！因為我已經充滿讓春華姊當我大嫂的心情了！）

在充滿誘人香味的廚房前面，繼續窺看著沉浸在溫柔氣氛當中和樂融融的兩個人，我同時在內心拚命地幫老哥加油。

＊

時間已過傍晚的時候，我們四個人就一起吃著晚餐。

媽媽原本還有工作，但是因為「實在太想跟春華小姐共進晚餐所以拚死把它完成了……！」，終於以完成大事的表情從房間裡走出來。

「哎呀，真是抱歉，春華小姐！竟然還讓身為客人的妳幫忙！」

「不，別這麼說！是我自己想盡一份力……而且，真的很開心呢！」

「妳……真是個笑容很吸引人的好孩子，連阿姨我都迷上妳了……」

看見紫条院同學展現像是帶著「燦爛」兩個字般耀眼的笑容，媽媽便以感嘆的口氣這麼表示。

沒錯，逐漸失去純潔之心的大人，最能感受到紫条院同學直接表現美麗心靈般笑容的耀眼之處了。

「呵呵，能聽見心一郎同學的媽媽這麼說實在太開心了。」

「媽……媽媽……！好棒！聽起來實在太舒服了！」

實際上紫条院同學只是順勢跟著我叫了一聲媽媽，但被像公主一樣高貴的美少女叫聲「媽

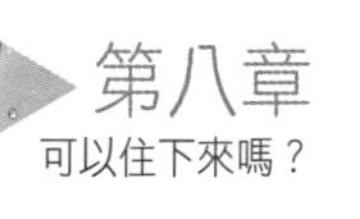

媽」後，就讓媽媽沉醉在高級的快感當中。

我想大概跟被美少女稱呼「主人」或者「哥哥」時會怦然心動的感覺系出同源。

「不過……都是像燉煮剝皮魚和涼拌蔬菜這種平民的料理，春華姊沒問題嗎？合妳的口味嗎？」

香奈子很擔心般這麼問道，嗯……我能懂她的心情。

雖說受限於冰箱裡的食材，不過確實是像老奶奶家的菜色。

「嗯，真的很美味。說起來我家也大多是這種普通的和式料理。」

「咦，是這樣嗎？我還以為大公司社長的家每天都是吃法國料理呢。」

喂喂喂，妳對有錢人家的印象也太老派了吧。

不過呢，以紫条院同學家那張寬敞的飯桌來看，的確是比較適合法國料理啦。

「啊哈哈，法國料理當然也很美味，不過每天吃的話就會特別懷念米飯和味噌湯的味道。尤其是爸爸因為經常參加餐會，所以時常吃西式料理，好像真的有點吃膩了，因此我們家真的大多是涼拌青菜與燉煮這種菜色。」

「哦……是這樣啊！米飯跟味噌湯果然是最強的組合！」

「是的，的確是最強！因為我們是日本人啊！」

紫条院同學與妹妹大笑了起來，餐桌上充滿溫暖的喧囂。

（啊啊……這種情境真是太棒了……）

平常最多只有三個人的新濱家餐桌，又多了一個紫条院同學。

感覺光是這樣，這個家的氣氛就變得開朗了好幾倍。

我隨著紫条院同學親手做的料理一起品嘗著這份溫暖。

這碗味噌湯的成分應該跟我平常所做的沒有太大的差異，但一想到是出自心儀的人之手，嘗起來就感覺好吃了幾十倍。

雖然要是被批評這不過是噁心的妄想，我也無話可說……但就是會忍不住這麼幻想。想著紫条院同學每天幫我做味噌湯的日子。

如果那樣的夢想能夠實現，我一定就是全世界最幸福的人了吧。

「好了好了，春華姊也多吃一點！來，啊～♪」

「哇哇！謝……謝謝！」

已經玩開了的妹妹用筷子夾了一條蘆筍培根捲並遞出去，紫条院同學雖然有點害羞，還是一口把它吃了下去。

香奈子這個傢伙，已經跟紫条院同學這麼熟了嗎……

「嗯唔……呵呵……雖然感覺有點奇怪，不過就像被妹妹餵食一樣，真是開心。那個，我也可以餵妳嗎？」

「當然了！春華姊這種美麗姊姊的『啊～』我是再歡迎也不過了！」

「是……是這樣嗎！那……那就失禮了……啊～」

可能因為紫条院同學是獨生女的緣故吧，被叫姊姊似乎讓她很開心，只見她以興奮的模樣回給香奈子一次「啊～」。

面對她的餵食，香奈子就像酒店裡的大叔一樣，說出「嗯～真好吃！漂亮姊姊餵的東西味道果然不一樣！」的感想。

「啊，話說回來——」

這時香奈子的聲音裡突然帶了一點邪惡的氣息。

嗯，怎麼了？這傢伙為什麼揚起嘴角盯著我看？

「聽我說啊，春華姊！老哥他的夢想是有女孩子說著『啊～』來餵他喔！」

「噗哦！妳……妳這傢伙在說什麼啊！我什麼時候有那種……！」

「咦？老哥在國中時不是說過嗎？好像邊看純愛系漫畫邊說『有女孩子說著啊～來餵我的話，就算死了也沒關係……』。」

咦……！啊，等等，這麼說來……！

國中生的時候（對現在的我來說，體感大概是十五年前左右了），因為是思春期，所以迷上各種愛情喜劇漫畫與美少女遊戲，偶爾會呢喃著「傍晚在屋頂接吻真是太棒了……」或者

「想讓清純的女朋友幫我做便當，然後說著『啊～♪』來餵我……」這種完全展現出妄想症狀的呢喃……

「咦，那麼簡單的事情就能讓新濱同學這麼高興嗎？」

「是啊是啊，對老哥來說是憧憬到快要流淚的事情喲！」

紫条院同學對妹妹的玩笑話產生很大的反應。

而看見她這種模樣的香奈子就咧嘴浮現出邪惡的笑容。

這……這傢伙……！剛才的……謝……「啊～」的對話是為了這個的伏筆嗎！

當然她自己也想這麼做，然後自己跟紫条院同學做過一次之後，對於下一次「啊～」的抵抗也會減少，同時也是自然把話題帶往那個方向的事前準備……！

然後，這時候說出這種話會很不妙。一般的女孩子也就算了，要是被紫条院同學聽見這件事情的話……！

「原來如此，雖然身為女生的我不太懂這樣的心理，不過對男孩子來說，那是如此值得感動的事情嗎！這樣的話，剛好大家一起用餐，請讓我負起這個重責大任吧！」

看吧果然變成這樣了啊啊啊啊啊啊！

看見發出「嗯呼！」一聲，表現出幹勁十足模樣的紫条院同學，我整個人著急了起來。

紫条院同學非常感謝我在第一學期所做的種種小事——像是指導她準備考試、在校慶時為了紫条院同學訂立企畫等等。

即使為了感謝我而曾經招待我到紫条院家並做飯給我吃，她還是認為尚未完全表達感謝之意，所以從平常就一直尋找報恩的機會。

一旦對如此重情重義的天然呆少女提到剛才那樣的話題，就可以猜測到她一定會幹勁十足地出聲表示願意接下這個任務。

「啊，但是……剛才雖然趁勢這麼自告奮勇，不過新濱同學應該是想要可愛的女孩子餵吧，我的話應該無法讓他滿意……」

「「啥？」」

明明擁有任誰見到都會為之著迷的美貌，少女卻還說出這種話，結果媽媽與香奈子口中就發出「這個美少女在胡說什麼」的聲音。

然後我也忍不住對於這種沒有自信的發言產生過度的反應。

「妳……妳在說什麼啊！怎麼可能不滿意呢！紫条院同學願意餵我的話，我甚至會感謝到流眼淚呢。」

「咦……！謝……謝謝你……」

紫条院同學的臉頰染上紅暈，如此斷言的我也為自己的發言羞紅了臉。

我有什麼辦法嘛。紫条院同學要是說出「自己沒有魅力」般的發言，那我的靈魂就等於完全遭到否定了。

順帶一提，這個時候香奈子因為預測到事態正朝自己策畫的方向發展而超級興奮地發出「呼哦哦哦哦……！」的聲音，媽媽則因為事情實在太超乎常軌而按住嘴巴不停發抖。看來快要笑出來的她正極力忍耐著。

「那……那就失禮了……來，啊～♪」

紫条院同學似乎對這個行為本身不感到害臊，用筷子夾起煎蛋捲，並且用左手扶著朝我遞過來。

老實說，紫条院同學在校慶試著烤章魚燒時，就曾經以「啊～」的動作餵我試吃過一次。然後紫条院同學也跟那時候一樣不認為這是戀愛上的溝通行為，只是純真地以期待我會感到高興的表情把筷子靠過來。

要問說高不高興的話，那當然是很高興啦，不過現在的狀況實在太特殊了。

（那個時候在班上的傢伙們前面也覺得很害羞……然後這次換成在媽媽與妹妹面前，這到底是什麼懲罰遊戲啊————！）

但是這時候拒絕的話會讓紫条院同學難過，所以當然不可能這麼做。

我下定決心後大大地張開嘴，一邊小心不讓牙齒碰到紫条院同學的筷子一邊把煎蛋捲含進嘴裡。

好甜。感覺煎蛋捲比剛才在廚房試吃的時候還要甜上許多。

同一時間——羞恥與欣喜混合在一起的熱氣從心底深處湧起，在無法順利控制感情方向的情形下從我的胸口溢出。

「謝……謝謝……我實在太感動了……」

「那真是太好了！這麼簡單的事情就能讓新濱同學開心的話，不論做幾次都沒關係，隨時可以跟我說喔！」

不知道是如何看待無法順利處理感情而羞紅了臉的我，只見紫条院同學很高興地這麼說道。大概是因為稍微「回報」了我的恩情而很開心吧。

「噗……呵呵……噗呼……太……太好了呢，心一郎……」

「嗯～～！看到很棒的一幕了！啊，老哥可以全力感謝香奈子的精采助攻喲！」

或許是一臉滿足的紫条院同學跟紅著臉低下頭去的我形成的反差太有趣了吧，媽媽壓抑著笑意，而香奈子則像要表示自己做了一件好事般露出神清氣爽的表情。

於是——我們就像這樣度過了晚飯的時間。

之後我依然因為跟紫条院同學一起坐在餐桌前而數次怦然心動，整體來說媽媽、香奈子與紫条院同學也顯得相當興奮，因此以自然發展而成的晚餐來說，場面算是相當熱絡吧。

而這樣的時間終於即將結束——雨聲當中，寂靜的夜晚時間逐漸接近了。

第九章 深夜的茶會與完事後的早晨

關於現在依然持續下著的異常大雨，我在上輩子應該也有過同樣的體驗才對，但是卻完全沒有記憶。

說起來前世我的高中二年級暑假，就只是過著躲在房間裡閱讀輕小說或者打電玩的日子。因此就算下了快要讓道路淹水的大雨，我也沒有到外面去目擊到那種模樣，因此不可能殘留在記憶裡。

（不過到了現在終於想起來了……這場大雨就是讓我睡的床整個濕掉的那個時候嗎……！）

因為剛才的「啊～♪」而讓我面紅耳赤的晚餐之後也發生了許多事，不過夜已深的現在，也差不多到了新濱家就寢的時間。

而回到自己房間的我就看到極為殘酷的光景。

床墊整個濕透的床鋪，以及從正上方的天花板滲出後不斷往下滴落的透明水滴。

無論誰來看都是百分之百的漏雨。

宛如瞄準我的床鋪進行狙擊的模樣讓香奈子大爆笑，還說出「啊哈哈哈哈哈哈哈哈！老哥你也太倒楣了吧！啊，春華姊睡我的房間，不然老哥也一起來吧？」的過分提案，而紫条院同學「這個點子不錯！我完全不介意喔！」這種天真過頭的發言也讓我非常困擾。

（嗯，當然還是拒絕了啦……）

就算本人說不介意，男生女生睡同一間房間還是會造成問題。

因此我就躺在客廳的沙發上——

（完全睡不著……）

在檯燈發出的朦朧橘色燈光之中，我對自己過了好幾個小時依然睡不著一事感到很厭煩。

原因不用說也知道。紫条院同學跟我在同一個屋簷下睡覺——光是這樣，身為處男的我就心跳加速並持續處於亢奮狀態。

（就算不是這樣，今天一整天都跟紫条院同學相處，實在發生太多事情了……像是一起做飯、在家人面前要我「啊～」……還……還有看見她穿內衣的模樣……）

在今天這個忙碌事件的漩渦之中根本沒有多餘的心思，但像現在這樣有自己一個人的時間，就想起在洗臉台發生的事情。

透明般雪白的肌膚，加上毫無多餘的贅肉，畫出美麗曲線的苗條誘人肢體。還有跟清純內衣的印象完全不符的豐滿雙峰。

以及即使展露那種炫目的身軀，卻還是抱著我的襯衫不知為何慌張到有點可憐的天使般模樣。

（雖然有點事到如今的感覺，不過她除了長得漂亮之外，身材也相當完美……而且還是個性那麼好的女孩子，媽媽和香奈子好像也立刻就喜歡上她了。）

吃過晚餐後正當媽媽在洗碗盤時，紫条院同學就帶著平常那種燦爛笑容表示「啊，新濱媽媽。請讓我幫忙吧！」。媽媽原本因為不好意思麻煩客人到這種地步而準備婉拒她的好意，卻無法勝過「媽媽」這兩個字的甜美而跟她並排洗起碗盤……搞了老半天還是像有了個新女兒一樣興奮。

（……不行。怎麼樣都會想到紫条院同學的事情而煩惱不已。這樣下去根本睡不著，乾脆起來吧。）

不再努力讓自己睡著的我，從沙發上撐起身子後到廚房準備泡茶。

用燒水壺的話會發出聲音，所以改用電熱水壺來燒開水，然後把熱水倒進裝了紅茶茶包的茶壺中。輕輕飄出的大吉嶺香味讓人感到心曠神怡。

就在這個時候——

「啊……新濱同學，你還沒睡嗎……？」

「咦……紫条院同學？」

突然聽見聲音的我回過頭去，就看到應該在香奈子房間睡覺的紫条院同學站在那裡。

為……為什麼這麼在這樣的深夜還醒著呢？

「那個，怎麼了嗎？廁所的話是在走廊的盡頭……」

「啊，沒有，在房間跟香奈子小妹聊天後已經熟睡了一陣子，但一個小時前左右醒過來後就完全睡不著……我想大概是因為最近是暑假所以一點都不累的緣故。」

今天紫条院同學應該在雨中奔跑過了，即使如此還是小睡一陣子後就完全回復了。體驗過成人後逐漸變得容易疲勞的身體，我不禁佩服地想著「十多歲果然體力充沛」。

「然後就一直閉著眼睛，不過聽見廚房有聲音就起來看看……那個，新濱同學又為什麼還沒睡呢……？」

「那個，其實我也跟妳差不多。因為沒去上學所以不太累，加上不是平常的床鋪所以一直睡不著。」

實在無法說出是因為一直想著紫条院同學的事情而興奮到睡不著，於是我就隨便找個理由把事情帶過去。

嗯，先不管這個了——

「啊……那個，我正好在泡紅茶，睡不著的話要不要也來一杯？不過是便宜的茶葉……」

在一半是衝動的情況下脫口而出這樣的邀約。

當然這也是為了在他人家裡醒過來的紫条院同學著想，不過更是因為我很想在深夜裡跟紫条院同學喝茶。

我因為今天一整天都跟紫条院同學接觸，所以處於極度的紫条院同學狂熱之中，讓我猛烈地想與她相處。想在這個只有雨聲的夜裡跟她共享兩人時光——這樣的狂熱讓我說出剛才的邀約。

「咦，可以嗎？那我就厚著臉皮讓你招待了！老實說我正因為睡不著而不知該如何是好……」

像是要表示找到睡不著的同伴般，紫条院同學臉上露出高興的笑容。

原本腦袋裡就不停想著她的我，對於這種花朵盛開般可愛的模樣產生比平常更加強烈的反應，感覺自己的臉頰正在發燙。

「那……那太好了。妳先坐著等一下吧。」

心裡祈禱著發紅的臉頰在微暗的環境中能不被看見，同時把紅茶倒進兩個馬克杯裡。由於原本就打算慢慢享受紅茶直到有睡意為止，所以沖泡了較多的量。

「來，讓妳久等了……！」

把兩個馬克杯放到托盤上回到客廳後，我就因為意料之外的光景而感到困惑。

我所說的「坐著等一下」，指的是坐到吃晚餐那張桌子的椅子上，但是……紫条院同學竟然輕輕坐在我拿來當成床鋪的沙發上。

「哇啊，謝謝！呵呵，在深夜裡喝紅茶有種變成大人的感覺，真的很棒呢。」

「嗯……是啊……」

在臉露喜色的紫条院同學面前，我根本說不出任何話來，只能把紅茶放到沙發前面一張較矮的咖啡桌上。

然後紫条院同學就用手拍了拍自己身邊，說了一句「那麼，新濱同學也請坐吧！」

我忍不住咕嘟一聲吞了一大口口水。

雖然在深夜裡說要喝紅茶的人是我，但是這樣的距離實在太近了。

不只紫条院同學說的話，連她的體溫與氣味都會傳遞過來。

（我……我真的不要緊嗎？處於腦袋受到紫条院同學狂熱嚴重影響的狀態下，又在幾乎碰到肩膀的距離比鄰而坐的話，腦袋真的不會燒掉嗎？）

但在這種情勢之下，我能採取的行動也只有一種……我下定決心後就坐到跟紫条院同學相同的沙發上。

一坐到旁邊，紫条院同學到剛才都還因為微暗而模糊的身影就變得清晰。

身上穿的是香奈子所選的睡衣，當時她不知道為什麼以欣喜的模樣說著「就尺寸來說，我和媽媽的讓春華姊穿的話還是太緊了，所以也沒辦法」，並且在我的衣櫥裡東摸西摸。

嗯，以睡覺時的穿著來說，她的選擇極為正確。

雖是沒有圖案的純白T恤與深藍色短褲這種休閒打扮，但散發出跟平常穿裙子時不同的居家氣息也相當棒。

（但總覺得這樣的距離不太妙……明明開了冷氣，腦袋卻因為過熱而昏昏沉沉……）

除了紫条院同學身上女孩子特有的甘甜香味直接鑽入鼻腔之外，還有豪邁地從乍看之下沒有什麼女人味的短褲露出的纖細雪白長腿，沒有穿襪子的完全裸足更是讓人不知道眼睛該往哪裡看。

「那麼我就不客氣了。」

而紫条院同學本人則像完全沒有注意到我內心的糾葛般拿起馬克杯，「呼～呼～」吹了幾口氣後啜了一小口紅茶。

「呼……真好喝。心情整個沉靜下來了。」

「這……這樣嗎，那真是太好了。」

為了讓高中生年輕肉體帶來的思春期煩惱冷靜下來，我也跟著啜了一口紅茶。

雖是沒有什麼特別的大吉嶺紅茶，但或許是深夜裡兩人獨處的這種情境吧，感覺有種比平常更美味而且能讓心靈休息的味道。

「話說回來……今天真的很開心。新濱同學的媽媽是很溫柔的人，香奈子小妹也很可愛……」

「聽妳這麼說我就放心了。尤其是香奈子跟妳那麼親密，抱歉我的妹妹太會裝熟了。」

「千萬別這麼說！我甚至很羨慕新濱同學有那麼可愛的女孩子當妹妹呢！」

「是……是這樣嗎？」

說她可愛或許是真的，不過她也是個很會跟人拉關係的傢伙，我還在擔心會不會給紫条院同學帶來困擾……

「嗯，是啊！而且我還是第一次在朋友家裡過夜，真的很開心……睡不著雖然跟不怎麼疲勞有關，不過我想應該也受到心情仍十分亢奮的影響。」

這時候，紫条院同學把臉朝向坐在旁邊的我。

我跟她的視線在幾乎零距離的情況下相交，心跳跟著加速。

「所以，感覺……有點捨不得。希望這樣的時間能持續下去。」

紫条院同學喝下溫熱紅茶而有些泛紅的臉頰上浮現出笑容。在我所在的這個家裡度過了開心到捨不得離開的一天——她做出這樣的發言。

「……其實我也一樣。」

「咦……？」

「沒想過能在自己家跟紫条院同學度過一天……還一起做飯、說了許多話……真的是心情一直都很雀躍的一天。」

或許是因為深夜裡紫条院同學就在身邊這種一般來說不可能出現的狀況吧，竟然能毫不害羞就吐露出內心話。又或者是夏天這個季節讓我的口風變鬆了。

「所以……一想到紫条院同學住下來的時間要結束了，就有點寂寞。」

我一這麼呢喃，紫条院同學就瞪大了眼睛。

然後這時我也發覺自己所說的話代表的意思。

紫条院同學所說的「捨不得」是對包含我家人在內的新濱家全體產生的感想，而我說的「寂寞」就只有想繼續跟紫条院同學待在一起的意思。

「呃……嗯，那個……謝謝……」

「啊，沒有啦，嗯……」

臉頰變得更紅一些的紫条院同學以斷斷續續的聲音這麼說道，處於同樣狀態的我也回以平凡無奇的回答。

為了安撫因為跟剛才不同的理由而失去冷靜的心，我啜了一大口仍然溫熱的紅茶……明明沒有加糖，喝起來卻莫名地甜。

「……雨還在下呢。」

「啊，是的。天氣預報好像說早上就會停了……」

我們的對話難得在這個時候稍微中斷。

非常開朗的紫条院同學，還有盡可能希望跟她多說一點話的我湊在一起的話，一般來說不可能出現沒有話題的時候，但就像我們兩個人都默默享受著這個氣氛一樣，小小的沉默降臨在我們之間。

（不過一點都不會尷尬呢……出差之類的時候，跟公司的上司或者前輩兩個人獨處時場面就會很尷尬，總是著急地想著要說些什麼才行……）

外面現在仍持續下著雨，本來應該相當寂靜的深夜也一直響著雨水在柏油路面彈跳的聲音。

因此變得有點非日常的這個房間裡，只傳出雙方啜著紅茶的聲音。

過了一會兒後——當我茫然想著「明天也希望紫条院同學待在這個家裡」時，就想起了死也不可能允許這種事情發生的某個人物。

「啊……我雖然感到很捨不得，但妳還是得回家才行。我想時宗先生應該擔心死了吧……」

「這個嘛……呵呵，的確是這樣。爸爸他是從以前就過於擔心我獨自跑到哪裡去的人，感覺他明天會第一個打電話給我。」

甚至有可能貴為社長的他會親自開車過來對我說「你真的沒有做什麼下流的事情吧

——————！」。

是不是應該把不小心近距離看見穿內衣的紫条院同學以及「啊～」的事情瞞著他呢？

「剛才紫条院同學稱讚了我的家人，不過秋子小姐與時宗先生也是很棒的父母親喔……每次都切身感受到他們很喜歡女兒的心情。」

說到名門兼富豪的家族，通常在連續劇或小說裡都給人個性不太好的刻板印象，不過他們不愧是紫条院同學的雙親，可以說是相當了不起的人物。

嗯，時宗先生的話還是覺得應該稍微克制一下溺愛小孩的個性啦……

「呵呵，能聽你這麼說真的很開心。因為有些事情我是以他們作為目標……」

「嗯？妳說的目標是？」

「那個……你小學時沒有寫過嗎？就是『將來的夢想』的作文。」

「噢，我的小學也寫了……」

幼年時期一定曾寫過的自己的夢想。理想的遠景。

什麼運動選手還是太空人，讓小孩子隨心所欲運筆如飛所寫的，對於未來最為天真且純粹的希望。

（我……到底寫了什麼呢？）

或許是持續看了太久的黑暗現實吧，那個回憶已經像蒙上霧靄一樣想不起來了。那個時候的我，究竟對自己的未來有著什麼樣的夢想呢？

「那個，雖然有點老套……不過我的夢想是『媽媽』喔。然後其實……到現在也沒有改變。」

可能是訴說夢想讓紫条院同學感到有點害羞吧，只見她紅著臉繼續表示：

「我從以前就很喜歡雙親，爸爸跟媽媽對我展現了幸福的範例。所以雖然也想工作看看……不過最後還是想建立起一個幸福的家庭。」

「這樣啊……」

這讓我感到有點驚訝。

紫条院同學明明擁有任何人都比不上的魅力，平常卻看起來對於戀愛沒有特別感到興趣。不過卻對下一個階段，也就是建立家庭似乎有強烈到成為夢想的憧憬。

「是的，就像許多女孩子都希望的那樣，成為一個普通的太太，生下小孩，然後幫孩子與丈夫做飯……我希望能有那樣的幸福。」

擁有家世、財力、美貌等一切的少女，以溫柔的笑臉訴說著平凡且溫柔的夢想。

沒有什麼特別，只是希望有家族的羈絆——雖然極為常見，不過是相當美麗的夢想，而且極為純粹且尊貴。

「……嗚。」

但是——我很清楚。

前世的時候，她的夢想卻慘遭毀滅。

「咦！新濱同學，你為什麼哭了？」

「啊，沒有啦……因為喝了有點燙的紅茶……」

我拚命忍住動輒要滴落的眼淚，想盡辦法把事情帶過。

即使將成人的理性全部出動，在我內心肆虐的沉痛感情依然無法沉靜下來。

（沒錯……這絕對不是什麼特別的夢想……憑紫条院同學的魅力與溫柔，絕對能建立起一個幸福的家庭……）

紫条院同學這種符合女孩子身分的平凡夢想，就這樣被潛伏在社會裡的無聊惡意給摧毀了。我實在不敢想像……心靈因為遭遇到惡劣的霸凌而生病並且因此自殺時，秋子小姐跟時宗先生有多麼傷心難過。

（我跟紫条院同學……為什麼會變成那樣呢……）

我們只是認真工作而已。

我承認自己的問題是錯誤的選擇以及無法改變狀況的軟弱心靈，但就算是這樣，我還是努力活下去了。

明明那麼努力，卻被下流的傢伙糟蹋，最後我們的人生也因此而終結。

原本應該實現的夢想、期盼的未來等等全部遭到摧毀。

（這輩子絕對不讓這種事情發生……雖然我現在會在這裡，目的是為了取回自己的人生，不過更重要的是為了守護紫条院同學！不是因為別人，而是我自己這麼決定的……！）

「紫条院同學……絕對會是一個好媽媽喔。我可以保證。」

「咦……？」

「除了不論誰看了都會傾心的可愛模樣之外，還像太陽一樣溫暖與溫柔。再加上做菜的技術根本不是一般主婦可以比擬，可以說具備所有作為一個人重要的事物。這樣還無法獲得幸福的話，那就是這個世界有問題了……！」

「呼……呼哇！新、新新新……新濱同學！」

一邊看著心儀之人的臉一邊列舉她的優點後，紫条院同學就對著我紅著臉頰並且慌了手腳。

事後冷靜一想，這個時候的我不是處於正常狀態……。

想到前世痛苦到選擇死亡的紫条院同學就百感交集，於是交雜著對於不合理狀況的憤怒以及反抗命運決心的腦袋就爆炸了。

「所以請放心吧。妳的夢想與幸福就由我來守護。我一定會讓紫条院同學幸福的……！」

「呀啊……！」

我堅定說出的話，讓紫条院同學瞪大眼睛僵在現場。

接著臉頰越來越紅，不知道為什麼露出相當混亂的模樣。

（——啊！）

然後這個時候我才注意到自己的發言有多麼嚴重。

雖然我平常老是想著戀愛的事情，但剛才的發言純粹是出自絕對要從毀滅的命運中保護紫条院同學的使命感。

但知道這件事的只有我一個人，光聽發言的話聽起來只會是「我想要妳」的意思吧。

「沒有啦，那個……！總之我想說的是妳的夢想一定會實現，我會全力幫妳加油！」

「好……好的……說得也是。因為好像是在連續劇曾經聽過的台詞，所以有點嚇到……」

就像要讓彼此泛紅的臉冷卻下來一樣，我們刻意不看坐在身邊對象的臉來說話。

雖然紫条院同學平常對於戀愛相關發言的反應相當遲鈍，但可能是夏夜的魔力吧，感覺平時的天然呆個性似乎消失了。

「……但是……聽新濱同學這麼說還是很開心。新濱同學真的總是設身處地為我著想……」

臉頰上仍殘留著紅暈的紫条院同學這麼自言自語。

聲音裡帶著極為沉穩且寧靜的喜悅。

「啊啊，果然很捨不得……我也喜歡這樣的時間。」

她像在惋惜祭典結束般的發言非常惹人憐愛，讓我的內心充滿喜悅。

接著我也同樣想把內心的想法以簡單易懂的形式傳達出去。

「那個……我還是會傳簡訊和打電話的。而且——」

要說出接下來的話需要一點勇氣。

但我還是毫不猶豫。雖然之後時宗先生可能會發飆，但害怕那種事情就不用談戀愛了。

「這次是香奈子受妳的幫忙整件事才會變成這樣，算是突發狀況……下次就由我來正式邀妳吧。」

「……！」

關於紫条院同學到訪我家，唯一讓我感到遺憾的就是這並非出於我主動的邀請。

因為我已經被招待過前往紫条院家，所以反過來應該也沒有任何問題，但因為是處男，所以有「必須正式交往後才邀對方來家裡」的固定觀念。

……嗯，不是這種狀況的話她絕對不可能在此過夜，就算是普通的邀約，要讓那個溺愛女兒的社長答應也是最大的難關。

「所以……這個夏天還要請妳多多指教。」

「——好的！」

我擠出全身勇氣後的發言，讓紫条院同學露出超乎想像的燦爛笑容。

簡直就像在夏天的太陽底下盛開的向日葵那樣，極度開朗且耀眼的笑容。這正是我要守護的東西。

*

我在深邃的安祥中打著盹。

身邊有某種非常柔和且讓心靈沉靜下來的溫暖。

在彷彿要融化本能的甘甜香氣包圍下，只有充滿幸福的安息。

——喀嚓喀嚓——

宛如靠在母貓身邊熟睡的小貓一樣，貪求著最高級的安眠。全身籠罩在無盡的安心感之中，一切都是那麼地滿足。

喀嚓喀嚓喀嚓！

……明明一切都那麼完美，這種吵雜的聲音是怎麼回事……

「唔……嗯……？」

因為特別刺耳的聲音，讓我從幸福的睡眠之中醒了過來。

感受著由窗戶照射進來的刺眼朝陽並且張開眼睛，就有並非自己房間的天花板映入眼簾。

（咦……？啊，對喔……我在客廳的沙發上睡覺……）

麻雀啾啾的叫聲聽起來很舒服，不過從剛才就一直持續的「喀嚓喀嚓」機械聲卻以足以將其掩蓋的速度吵雜地響著。

（從剛才開始，這聲音到底是怎麼回事……等等，香奈子……？）

睡眼惺忪地往傳來聲音的方向看去，就看到穿著T恤跟牛仔短褲的妹妹站在那裡。不過她的樣子看起來有點奇怪。

臉頰微紅的她揚起嘴角，以興奮的口氣發出「嗚喲哦哦哦……！」的怪聲，拿著功能型手機以猛烈的速度朝著這邊拍照。看來剛才的喀嚓喀嚓是快門的聲音。

「唔……嗯……妳在做什麼啊……？」

「啊，結果還是起來了嗎？早安啊老哥！」

在腦袋仍因為睡意而無法好好運轉的狀態對妹妹搭話後，她就報以莫名元氣十足的聲音做出回答。妳這傢伙……為什麼一大早就這麼亢奮？

「呵呵呵呵，還問我在做什麼，當然是在拍照啊！怎麼可能錯過如此讓人興奮的稀有光景呢！」

「啥……？什麼稀有的光景……嗯……？」

第九章

深夜的茶會與完事後的早晨

睡迷糊的腦袋逐漸開始運轉，突然注意到自己的胸口一直感覺到人類肌膚的溫暖。而且不只有溫度，還有輕飄飄、軟綿綿以及絲綢般的光滑感，再加上甘甜的香味。

這時候我才終於理解目前的狀況。

紫条院同學靠在我的身上發出鼻息聲，跟我蓋同一條毯子一直靠在一起睡覺。

「什……什……什麼啊啊啊啊啊啊啊啊啊啊啊啊啊啊！」

睡糊塗的腦袋一瞬間沸騰，讓我變得滿臉通紅。

到……到底怎麼回事！為什麼紫条院同學會跟我睡在一起？

難……難道說我們一整晚都是這種狀態？

露出極度慌張模樣的我想著要趕緊離開紫条院同學身邊，但睡美人正把頭放在我的胸膛上發出鼻息沉睡著，所以根本動彈不得。

緊貼在自己身上的女孩子活生生的溫度與重量，讓我的心臟打從一大早就油門全開地急速跳動著。

（不……不過……嗚哇啊啊……紫条院同學的睡臉超可愛的……）

不論再怎麼動搖，我的戀愛腦還是讓我著迷地看著她。

大和撫子般的美人那毫無防備的熟睡模樣，讓人無論如何眼光都會被吸引過去。

「呵呵呵……昨晚很享受吧！」

「怎麼可能啊啊啊啊！」

妹妹對著我丟出某國民RPG的主角要是跟公主一起到旅館住宿的話就會出現的台詞，我則是整個人開始發飆。我當然沒有做什麼可以享受的事情。

「哎呀～起床後發現春華姊不在嚇了我一大跳，沒想到你們竟然同衾共眠，讓我一大早就異常興奮……！這下得把照片設定成手機的待機畫面才行了！」

「國中生別學同衾這種字眼啦！還有千萬別設定成待機畫面啊啊啊！」

「嗯……嗯嗯……」

或許是因為我們兄妹實在太吵吧，我胸口上面的紫条院同學微微睜開眼睛。然後最先映照在她眼裡的，是處於緊貼狀態下的我的臉龐。

「那……那個紫条院同學！絕對不是我有什麼邪惡的意圖才會出現目前這種狀態……！」

「……新濱同學在我的房間……？啊，對了，我還在作夢……」

「啥？」

那個……紫条院同學？難道說妳還沒完全睡醒？

「咦？春華姊起來了嗎？」

「嗯嗯，好像速啊呼……！」

「嗚呵呵……新濱同學的臉好有彈性……我拉……」

紫条院同學隨興地把手伸過來抓住我左右的臉頰，然後把它當成玩具開始又拉又擠了起來。而紫条院同學本人則是看著這樣的我咧嘴露出散漫的笑容。

（這……這是……難道她是睡傻了就會超級幼兒化的類型？行動原理變成跟三歲兒童一樣了——！）

雖然對待在旁邊的香奈子投以求救的視線，但看見我這種慘狀的妹妹，就跟之前一樣變成了笑袋，根本無法提供任何助力。

「啊哈哈哈哈哈哈！春……春華姊睡傻了之後就跟幼稚園的兒童一樣……！等等，你們兩個快讓我笑死了啦……！呵呵、噗噗、啊哈哈哈哈哈哈！咳咳、噗呼，等等，不行了……！」

我的慘狀真的那麼可笑嗎，笑過頭而站不住的香奈子，直接就捧著肚子倒到地板上。

可惡啊，這個笑點很低的臭國中生！

明明那麼愛看熱鬧，在緊要關頭卻完全派不上用場……！

「星……星鍋來吧（醒過來吧），資挑淵通學（紫条院同學）……！」

「呵呵呵……雖然是男孩子，但皮膚不會粗糙……又光滑又有彈性……」

我很想全力大叫光滑的是紫条院同學的手指。簡直就像絲絹構成的一樣又光又滑，實在太舒服而燃起了奇怪的感覺……！

「……咦……？但是……明明是作夢……卻在我不知道的房……間……？」

突然認識到周圍光景的紫条院同學，動作倏然停止。

原本茫然的眼睛逐漸變得清澈，凝視著自己拉扯我臉頰的手幾秒鐘——她漂亮的臉龐一瞬間就染上鮮紅色。

「啊……啊啊啊啊啊……！對……對對對……對不起……！我……我怎麼會做出這種事……！完全睡糊塗了！」

「嗯……嗯，沒有啦，醒過來就好了……」

紅著臉的紫条院同學瞬間離開，我的身體才終於恢復自由。

我表面上雖然用成人的理性來冷靜地回應，內心其實還因為跟紫条院同學同衾共眠，而且起床還被她拉扯臉頰而混亂不已。

「應該說……為什麼我們兩個人會睡在沙發上……？可以回想到我們昨天一起講話並且喝著紅茶……」

就算我聊著聊著睡著了，為什麼紫条院同學沒有回香奈子的房間去睡覺呢？

「啊，那是因為……聊了一陣子後，我跟新濱同學同時開始打瞌睡……我因為太想睡而說『抱歉……真的太睏了，已經撐不下去……』，結果新濱同學就在半睡半醒的狀態下表示『這樣啊……那在這裡睡就可以了……』，於是我就……」

雖說是因為實在太睏，不過我真的說了那種話嗎！

第九章 深夜的茶會與完事後的早晨

只聽台詞的話，完全是一起上床的邀約嘛！

「那個，我好像一整個晚上都靠在新濱同學身上睡覺……不會很重吧？還有雖然開著冷氣，但因為緊貼在一起，不會很悶熱吧……？」

本來的話，醒過來後發現跟我睡在一起應該是可以發出悲鳴的狀況，但紫条院同學卻畏畏縮縮地詢問自己是不是給我添麻煩了。

然後跟天使同衾對我來說當然不可能是麻煩，根本只會跟在天國一樣。

「哎呀，真的沒有關係……我才應該道歉。那個……雖說兩個人都想睡到了極點，跟身為男性的我一起睡還是……」

雖然有已經跟紫条院同學很熟了的自信，但再怎麼說都是另一種程度的問題了。

從紳士的觀點來看，我不該屈服於睡意，必須把紫条院同學送回香奈子的房間後才睡。

「咦？啊，不會啦，我不在意。一點都不會覺得不愉快。」

「是……是這樣嗎？」

坐在我身邊的紫条院同學，像是要表示沒有遭遇任何厭惡的事情一樣自然地這麼表示。

「是的，當然是覺得有些不檢點，還有像這樣看見彼此剛睡醒的模樣也有一點不好意思……」

臉頰染上一抹微紅的紫条院同學以包含害羞之意的聲音這麼說道。

接下來要說的話，似乎連平常總是天然呆的她都得壓抑害羞的心情才能說得出口。

「不過，因為是新濱同學。」

「咦……？」

「是我最要好的朋友，而且我也知道你是很可靠的男孩子。所以我沒有任何厭惡的感覺。反而覺得很安心，在很舒服的情況下睡了一覺！」

紫条院同學以根本等於天使的笑容如此表示，我則是頓時不知道該說些什麼。

因為這一連串話，不只有因為是朋友所以不介意的意思。

即使認為跟我一起睡著這件事是「有些不檢點」，她還是由衷地說出「覺得很安心，在很舒服的情況下睡了一覺」。

這表示……她即使意識到我身為男孩子，還是願意在這個前提下與我親近——她說的聽起來應該是這個意思。

「啊，抱歉。話說回來，明明難得有這個機會一起度過早晨，卻沒有說最重要的一句話呢！」

不清楚紫条院同學是否知曉茫然的我內心在想些什麼，只見她坐在同一張沙發上並且重新轉向我。

「早安，新濱同學！」

紫条院同學帶著不輸給夏日朝陽的燦爛笑容，說出我有生以來聽見的最棒一聲「早安」。

「嗯……早安，紫条院同學。」

就像要祝賀跟最喜歡的女孩一起迎接的早晨一樣，我也以最燦爛的笑容這麼回答。在昨天的豪雨就像作夢般的晴天營造出的爽朗空氣當中，我們共享著極為溫和且清新的空氣並且相視而笑。

另外——關於這個時候香奈子所拍的照片，事後她在照片上加了「早晨完事後的兩人♪」這種過於直接的註解並且回傳給我，於是我叮嚀她「千萬不能把這些照片外流出去喔！」，同時趁機祕密地把拍下紫条院同學熟睡臉龐的照片保存了下來。

▶ 終幕1 ◀ 在夏日的早晨面臨暫時的離別

在跟昨天的豪雨有天壤之別的晴朗天空之下，累積在柏油路面各處的水窪反射太陽光發出閃亮的光芒。

雖然是很符合夏天的清爽光景——但我現在處於沒有多餘心思去欣賞這種風景的狀況當中。

「早啊新濱小弟。自從那天後有一陣子沒見，看到你這麼有精神真是太好了。」

「……早安，時宗先生。您看起來也非常有精神……」

在新濱家門前的道路上，我久違地與紫条院時宗先生面對面。

享受過跟紫条院同學一起迎接早晨的幸福心情之後——我、紫条院同學和香奈子就吃了簡單的早餐。順帶一提，媽媽一大早就有工作，所以在我醒過來前就去上班了。

接著紫条院同學的手機就接到媽媽秋子小姐打來表示「現在有車子過去接妳了～」的電話，不久後就有高級轎車停在家門口，於是就為了送紫条院同學而跟香奈子一起來到家門外——結果時宗先生已經像門神一樣站在那裡了。

「你的家長似乎已經去上班，實在太可惜了……不過要先感謝你在那樣的豪雨之中收留女兒度過一個晚上。因為那樣的天候實在太危險了。」

「千……千萬別客氣……這是身為一個人應該做的事。」

我以感到有些困惑的表情回應了深深低下頭來的社長。因為這份感謝雖然是出自於真心，但他帶有深意的模樣明顯是還有話想對我說。

「嗯，除了這件事之外……為了慎重起見還是要問一下，你真的沒有對春華做出什麼下流的舉動吧——！」

「情緒的切換不會太急促了嗎！」

時宗先生道完謝後就以再也忍耐不住的樣子開始逼問我，我則是盛大地吐嘈了他。

「爸……爸爸……你也坐在來接我的車上嗎？」

「喔喔，春華……！抱歉這麼晚才來接妳！妳一定很辛苦吧！」

「不，一點都不辛苦喔……爸爸不去公司真的沒關係嗎？」

紫条院同學對著簡直就像好幾個月沒見面的時宗先生瞪大了眼睛。

看來她沒聽說是時宗先生要親自來接她。

「哈哈哈，不必在意這種事情喔，春華。為了妳的開學典禮和教學參觀日等不可錯過的活動，我在很早之前就建立起就算沒有我在也不會有問題的公司組織。說起來呢，只要社長稍微不在就無法運作的公司實在太不健全了。」

雖然至今為止都沒有特別隱瞞，不過對於時宗先生來說，女兒似乎比公司還要重要。是說能夠讓工作不會因為這種事情受到影響，只能說真是名不虛傳。

「您好，新濱少爺。好久不見了。」

往突然傳出聲音的方向看去，就看到一名身穿西裝，坐在汽車駕駛座上的四十多歲男性輕輕朝我低下頭來。

那個人……我記得在被招待到紫条院同學家時也擔任司機……

「您好，好久不見了。夏季崎先生。」

「喔喔，您竟然還記得我的名字嗎？」

嗯，記住名字跟長相是社會人士的基本且最重要事項嘛。

若是遇到容易生氣的人，可能會因為只是叫錯一次名字就氣你一輩子。

「那時候承蒙您的照顧。還有……不必用『少爺』來稱呼我。因為我只是紫条院同學的朋友。」

「不不不，只要是紫条院小姐的朋友就值得我以禮相待了。尤其……兩位是如此親密的關係。」

「一點都不親密啊啊啊啊啊啊啊啊啊啊！」

時宗先生放大聲音對揚起嘴角笑著這麼說道的夏季崎先生大叫。

「他跟春華不過是勉強能算得上朋友的關係！別說些莫名其妙的話！」

「咦？不對，並不是這樣喔，爸爸。」

「什……什麼……？」

「正如夏季崎先生所說的，我跟新濱同學是很要好的朋友。是有生以來跟我最親密的朋友！」

「咕哈啊……！」

以完全像天使的炫目笑容把話說完的紫条院同學讓我臉頰泛紅，時宗先生則發出五臟六腑被挖出來般的苦悶聲音。

……以各種層面來說，天然呆真是太強了……

「咕嗚……喂，小鬼……感覺春華好像比平常還要亢奮……真的沒發生什麼事情吧？」

即使受到傷害還是靠近到我身邊的時宗先生，壓低聲音偷偷這麼問著我。

聲音乍聽起來是很平靜，其實隱含著怒氣，以不分青紅皂白的壓迫感擠壓著我的胃部。

「真的很感謝你照顧我女兒，我打算等你家長在時再正式登門道謝……不過這一點一定得先問清楚才行。」

「這個嘛……那個……」

朦朧浮現在腦袋裡的是跟紫条院同學一起度過的一天。

假如要老實說出是什麼樣的內容嘛——大概就是這樣。

「沒有啦，其實我碰到剛洗好澡的春華同學，看到她只穿內衣的模樣，實在太養眼了！還有晚餐的時候，您的女兒要我說『啊～』然後餵我吃東西……雖然很害羞，但是氣氛非常甜蜜喲！啊，還有昨天晚上我們在沙發上同衾而眠，好像把彼此當成抱枕一樣靠在一起睡覺，剛才還共度了完事的早晨！真的是太棒了♪」

（會……會被殺掉……！）

雖然我沒有任何邪惡的念頭，只看結果的話還是有許多被宣判死刑也無話可說的事實。沒辦法了，這時候還是——

「沒有，就算您這麼說，我也只能回答真的沒發生什麼事。硬要說的話，大概就是她幫忙一起做了晚飯。」

在沒有表露出內心動搖的情況下，鎮定地說出交雜著事實的謊言。

謊言會被識破通常是因為聲音或者表情露出馬腳，但我在社畜時期必須討易怒主管的歡心，或者是迴避客戶的無理要求，所以已經鍛練到可以用極為自然的態度來說謊。應該不會輕易被識破……！

「……你說謊。」

「咦……！」

「聲音是順利消除了動搖與緊張……但稍微有點僵硬。你可瞞不了一路跟老奸巨猾的對象談過生意的我……！」

可惡，所以我才討厭擅長勾心鬥角的優秀經營者！如果是上輩子我們公司的笨蛋上司與蠢貨社長的話，絕對無法識破我的謊言！

「好了，老實說吧！到底發生了什麼事？」

「沒有啦，那個……」

這下糟了……嗯……雖然全都不是我刻意去做的事情，但實在不是能讓這個溺愛女孩的傻父親聽見的內容……

當我冷汗直流的時候——

「請問～，您是春華姊的爸爸嗎？」

從旁邊響起熟悉的聲音。

一看之下，妹妹香奈子不知道什麼時候站在我跟時宗先生旁邊，同時露出了燦爛的微笑。

「嗯？我是啊，妳又是哪位……？」

「啊，您好，初次見面！我是哥哥的妹妹，名字叫新濱香奈子！」

隱藏起平常不像國中生的難搞小惡魔個性，完全進入對外模式的香奈子很有禮貌地低下頭來打招呼。

（還叫我「哥哥」……這傢伙完全在裝乖嘛……）

「那個，想跟春華姊的爸爸說聲對不起……昨天春華姊沒能回家都是我害的……」

「唔嗯……？」

裝成清純少女的香奈子，把昨天發生的事情大概說明給時宗先生聽。像是在雨裡幫忙把錢包送回、無法坐視淋濕的紫条院同學不管才帶她回家等諸多的事情。

「因此我對造成春華姊讓家人擔心一事感到非常抱歉……真是對不起。」

「噢，等等，不必在意這些事情。妳純粹是擔心被雨淋濕的春華才會帶她回家的吧。之後的大雨就連天氣預報都沒預測到將會造成交通癱瘓，因此單純只是運氣不好罷了。」

時宗先生果然對除了我之外（應該說接近女兒的男人之外）的人都很溫厚，因此也很隨和地回應了加奈子。

「嗯，聽您這麼說我就稍微輕鬆一些了！我一個晚上就跟春華姊變得很熟了，真的很開心呢……不過還是為了讓春華姊的爸媽非常擔心而反省自己……」

「哈哈哈，別介意。我跟內人都是大人了。而且也取得聯絡了，不會那樣心慌意亂啦。」

不是吧。時宗先生……你在紫条院同學決定住下來時，明明在電話的另一頭發出完全感覺不到平靜的吼叫吧……？

「不過……妳一個晚上就跟我們家的女兒變得那麼熟了嗎？」

「是的！春華姊那麼地漂亮、可愛、溫暖……實在是筆墨難以形容的完美！好幾次都想著如果有這樣的姊姊就好了！」

「嗯嗯，是吧是吧！是我引以為傲的女兒啊！」

時宗先生很開心般對全力稱讚（應該全部出於真心）著紫条院同學的香奈子點頭，好像已經忘記我的事情般心情變得很好……

「香……香奈子小妹真是的……把我誇過頭了啦。爸爸也別這樣了，多不好意思啊……」

被比自己小的朋友還有爸爸誇上了天的紫条院同學，頓時羞紅了臉這麼說道。

嗯，這就算是我也會感到害羞……

「咦～我說的都是真的啊！昨天一直跟春華姊待在一起做各種事情，我真的覺得很開心啊！」

「唔……妳昨天一直跟春華在一起嗎？」

「是啊，正是如此！把哥哥排除在外，兩個女孩子一起洗澡、一起在床上聊天！因為實在太開心了所以一直黏在一起！」

咦……？香奈子妳……還在想為什麼會跟時宗先生搭話……這難道是，在助我一臂之力嗎……？

「唔嗯，這樣啊……唔嗯，。如果做這些事情都在一起的話，確實沒有什麼機會跟新濱少年接觸。果然是我神經太過敏了嗎……？」

哦……哦哦……？我有下流行為的嫌疑已經得到澄清了嗎……？

如果是清純而且有禮貌的（雖然是對外人用的假面具）女國中生的證詞，那麼連時宗先生都會毫不懷疑地全面相信嗎！女性的表演能力真是太恐怖了！

香奈子突然朝我瞄了一眼，咧嘴露出「這人情不只一份，是一百份喲♪」的笑容。嗯，這次的確幫了我一個大忙……！

「這樣您願意相信我了嗎，時宗先生？說起來，我還沒有下流到趁著致災性大雨來占便宜的地步啦。」

「唔……我原本是打算詢問就算你沒有主動出手，就結果來說是不是仍發生了什麼不適切的狀況……嗯，這次就相信你吧。我在你妹妹面前也有點太沒大人樣了。」

雖然因為被對方依然敏銳的第六感點出痛處而冷汗直流……不過看來總算是度過難關了。

只是呢，社長。你完全不是「有點沒大人樣」而已喔。

「真是的，爸爸！從剛才開始就一直纏著新濱同學說悄悄話！我受到人家那麼多照顧，你不會對人家說出什麼失禮的話吧！」

「沒……沒有啦，只是問一下妳住在別人家裡時的情況……好……好了，那我們差不多該告辭了！」

像是要從以強硬口氣告誡著的女兒身邊逃走一樣，時宗先生立刻坐進車子裡。這個人真的對老婆和女兒沒有抵抗力耶……

「呼，真是抱歉，爸爸他又……不過確實差不多該離開了。」

「嗯，雖然很捨不得……那麼再見了。」

「春華姊要再來玩喔！」

「好的，真的受到你們很多的照顧。也請幫我跟伯母道謝。」

點了一下頭後，紫条院同學就坐進車子的後座。

一想到這次的住宿終於要結束了，果然還是感到寂寞。

不過除了跟紫条院同學創造了許多回憶，還迴避了時宗先生這個傻爸爸火山的大噴火，如果這是遊戲的事件，那可以說獲得了完全的勝利吧。

「新濱同學！」

一看之下，紫条院同學正從後座的車窗露出臉來。

「這次受到的幫助實在太多，真的不知道該從哪裡感謝起才好，總之就是謝謝你！不過，真的度過了一段很快樂的時光！」

在夏日的日照底下，少女以滿臉的笑容看著我跟香奈子。

「那個，還有……」

這時紫条院同學開始有點吞吞吐吐。一秒鐘前才剛展現童女般無邪表情的少女，突然露出符合實際年齡的羞澀模樣……然後把內心的話說出口。

「正如約定好的，我會等待新濱同學約我出去！我隨時都有空，而且很期待你的邀約喔！」

（咦……！啊……！）

這段話讓我理解到紫条院同學是如何看待昨天晚上的事情。

在深夜的時候，我以下次要主動招待妳來我們家的意思，說出「下次就由我來約妳」的發言。

但仔細一想，那句話和之後的「所以……這個夏天還要請妳多多指教」發言組合起來，被認為是「暑假期間我想邀妳出去玩」的意思也一點都不奇怪。

理解狀況的我臉頰頓時開始發燙，但要是提出訂正，只會讓我戀愛的進度倒退，可以說一點好處都沒有。

所以我就完全捨棄羞恥心，說出了堅定的答案。

「……嗯，我知道！我會正式提出邀約，敬請期待！」

我身邊的香奈子因為我強力的發言而露出驚訝的表情，而且——

終幕1
在夏日的早晨面臨暫時的離別

「呵……呵呵呵……喂，新濱小弟？我好像聽到有一道聲音在父親面前想把他的女兒約出去玩……？」

副駕駛座的窗戶瞬間降下，從那裡出現太陽穴不停跳動著的時宗先生臉龐。

嗯，雖然是預料之中的反應……但既然已經說出口，那也沒辦法了。

「這點小事有什麼關係嘛！又不是大學生約她去參加可疑的派對，請稍微給點空間吧！」

「你這傢伙豁出去了嗎！可惡，看來還有必須說清楚的事情……！喂……喂，夏季崎！別開車啊！」

「哈哈，不能太過阻礙年輕人喔，老爺。現在更重要的是趕緊讓夫人看見大小姐充滿元氣的臉龐啊。」

哦……哦哦……！夏季崎先生……！

「等等，連你都！家裡所有人都站在秋子和這小鬼那邊也太狡猾了吧！就沒有人能夠理解男性家長的慟哭嗎————！」

當時宗先生依然發出吵雜的聲音時，載著他的汽車就往前開去，可以看到夏季崎先生從駕駛座伸出手對我豎起大拇指的模樣。

謝……謝謝你，夏季崎先生……！

雖然也有是受到秋子小姐吩咐的感覺，不過總之是得救了！

「啊，老哥快看。春華姊在揮手。」

對妹妹的聲音產生反應而把視線移過去後，就看到紫条院同學以感到不可思議的表情瞥了一眼發怒的父親後，就透過後座的擋風玻璃用盡全力對我們揮手的模樣。

於是我們也揮手回應了她。

就像是對著感情很好的親戚或者許久未見的朋友揮手道別，共享著捨不得分開的心情。

上輩子只能存在於想像之中的夢境般外宿活動——就這樣宣告結束了。

終幕2

同一時刻，回想過去的那一夜

紫条院同學回去後的那天晚上，洗好澡的我正用毛巾擦拭濕濡的頭髮。

這時已經吃過晚餐，來到接下來只剩下睡覺的時間。媽媽跟香奈子都回自己的房間去了。

除了我之外就沒有別人的客廳顯得非常安靜，我突然想起跟香奈子感情破裂的前世。

那個時候我們兄妹幾乎沒有同桌吃飯，大多是我獨自用餐。

「哈哈，昨天真的很開心……」

回想起昨天連同紫条院同學在內，四個人在這裡用餐的事情，記憶仍相當鮮明的熱鬧模樣讓我忍不住露出微笑。

香奈子跟媽媽都特別地興奮，我所重視的人們全都聚集在一起的晚餐，實在是一段太過耀眼以及令人感到雀躍的時間。

沒錯，那雖然是件好事，但是——

「……我今晚也得睡在這裡啊。」

把用過的毛巾丟進洗衣籃裡後，我把視線移到客廳放在電視前面的沙發上。

自己房間的漏雨雖然暫時停住了，但睡覺的床鋪仍是潮濕到無法使用。因此今天晚上同樣得睡在客廳的沙發上——

（不行……一想到昨天晚上跟紫条院同學一起睡在這裡，明明是看慣了的家具卻開始心跳加速……）

變成男高中生的我，現在對於這種刺激特別敏感。

不由得想起今天早上才剛發生的事——早上起床發現這世上最喜歡的女孩子靠在我身上睡覺時的衝擊。

（真是的，肉體年齡變年輕是很不錯，但我也受到青春期太大的影響了吧……）

對無從發洩的年輕活力嘆了口氣後，我就在沙發上坐了下來。

因為前世的死因，我現在都讓自己維持著一定的睡眠時間。

就算是放暑假也不會三更半夜才就寢，總是馬上就準備上床睡覺——但這個時候突然遭到突襲。

（嗚……嗚哇！還殘留著紫条院同學的甘甜香味！）

昨天晚上雖然開了冷氣，可能是兩個人擠在狹窄的沙發上流汗了吧，這時紫条院同學比想像中更加濃厚的存在讓我的鼻孔產生了反應。

其甘甜的程度足以讓人覺得腦袋都快融化，完全不像只是人體殘留下來的餘味。

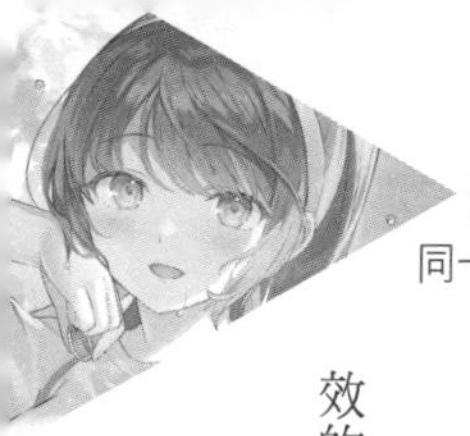

簡直就像鮮甜的桃子或者草莓，光是坐在沙發上就有誤闖桃源鄉的錯覺。

結果甘甜香味成為導火線，讓我的腦袋浮現高解析度的回憶。

不只是少女的香氣，連紫条院同學靠在我身上時的體溫、觸感宛如絲絹般的頭髮、柔軟又富有彈性的玉肌、極度可愛的鼻息——這一切全都重新復甦。

（〜〜〜〜嗚！像……像這樣冷靜地回想起來就覺得太過刺激了！不論怎麼掙扎都無法逃脫煩惱的漩渦！）

對於因為少女的體香而輕易變笨的自己感到傻眼，同時抱住自己的頭。

因為跟那種世界屈指可數的美少女同衾而眠，這也是沒辦法的事，而且也沒有遭到他人責備啊，這時我終於忍不住在心裡訴說著這樣的藉口。

就像無視我滿是煩惱的內心一樣，回憶一旦開始播放就再也停不下來。

像是紫条院同學睡迷糊而開始拉扯我的臉、因為睡傻了而變得比平常更加天然呆的表情實在太過可愛等事情。還有——

「啊……」

這時在腦裡重新浮現的，是剛起床的少女宛若黎明般的笑容。即使有了對男高中生最為有效的身體接觸，這一幕卻還是在我心中留下更為深刻的印象。

「她對我說……早安。」

雖然同衾共眠也造成嚴重的心跳加速，但之後笑著對我道早安卻給我更加鮮明的印象。跟社會人士已經成為義務的打招呼完全不同，是一句充滿親密感情的「早安」。以溫柔笑臉對我說出那句話的紫条院同學看起來非常耀眼，同時也是她的心比夏日蒼穹更加清澈的最佳證明。

然後我就注意到自己只要一有空就盡是想著紫条院同學。

昨天晚上一起做菜與用餐，深夜則是邊喝茶邊談心，到了今天早上才剛剛分開。然後在這之前則是一直傳簡訊或者打電話。

即使如此，我的內心還是感到非常寂寞。

想擁有更多跟她在一起的時間。想看更多紫条院同學的臉龐。

這也是變成高中生的身體後，戀愛感情也跟著變年輕的影響吧，我整個人變得非常貪心。

痛切地感受到自己內心無止盡地想擁有她的心情。

「……好想跟她見面……」

想著心儀的少女，我在安靜的夜裡這麼呢喃著。

*

終幕2

同一時刻，回想過去的那一夜

我——紫条院春華坐在自己房間的床上嘆著氣。

這時夜幕已經低垂，剛洗完澡的我穿上睡衣後處於只剩下上床睡覺的狀態。

「呼……感覺光是說昨天發生的事情一天就結束了。」

回想起今天早上從新濱同學家回來之後的事情。

媽媽跟冬泉小姐在我昨天聯絡之前似乎相當擔心我的安危，一見到面她們兩個人就抱緊我。

接著我便為讓她們擔心一事道歉，同時開始說起在新濱同學家發生的種種開心的事……結果媽媽隨著事情的發展越來越興奮，最後甚至大叫「陪睡事件來了啊啊啊啊啊！」並且握拳擺出勝利姿勢。

反而是冬泉小姐微微抱住頭，並且告誡我說「大小姐……這件事情請絕對要對老爺保密。還有，那個……還是不要做出太多讓男孩子的腦袋沸騰的行為比較好……」。

而爸爸好像中午就去上班了，傍晚回來後就好幾次說著「那個，春華。真的沒發生什麼事吧……？」來確認莫名其妙的事情，當我反問「奇怪的事情……具體來說是什麼事呢？」，就突然變得不知所云，然後再也沒有多說些什麼了。

另外，看見他那種樣子的媽媽就一邊竊笑，一邊說著「喂喂，別默不作聲快回答女兒的問題啊～？」，而爸爸就的眼裡就開始噙著淚水……

（呵呵，哪有什麼怪事，全都是開心的事啊。）

從跟香奈子小妹相遇開始，跟新濱同學一起做菜和用餐，也跟新濱同學的媽媽美佳伯母說了許多話。

然後還在夜裡跟新濱同學一起喝紅茶一邊談心——

（啊，不過……雖然沒有奇怪的事情，卻有讓人害羞的事呢……）

腦海裡浮現的，是在浴室外面被新濱同學看見私密肌膚的事情。

那是我第一次被男性看見肌膚，現在回想起來，可能是因為害羞的緣故吧，身體竟莫名地開始發燙。但是……或許因為對方是朋友的關係，雖然感到不好意思，但被看見後沒有什麼厭惡的感覺。

更重要的是，那個時候意識完全是在隱藏自己難以相信的行為上……

「…………」

稍微將視線移過去後，放在床舖旁邊桌上那件已經摺好的襯衫就映入眼簾。

雖然請新濱同學幫忙曬了我的衣服，但經過一晚還是沒有乾，所以只能厚著臉皮直接穿著新濱同學的襯衫回家。

當然之後會還給他，冬泉小姐也幫忙洗滌並且燙好、摺好了……

「必須盡快把衣服還回去……」

終幕2

同一時刻，回想過去的那一夜

嘴裡一邊說著，依然坐在床上的我手指就一邊撫過放在邊桌上的襯衫。

連我自己都不清楚這種手指遊戲般的行為究竟有什麼意思。

但不知道為什麼就是停不下來。只是有種感覺，能藉由用指尖劃過纖維來補充欠缺的某種東西，所以下意識中不停用手指接觸。

不知道是什麼如此吸引我，總之我的內心充滿想一直觸碰這件襯衫的慾望。

（——啊！我……我到底在做什麼！好不容易才燙好的衣服，我怎麼還一直摸！不……不會弄皺了吧？）

回過神來的我，為了確認有沒有出現皺紋而把襯衫拿起來靠近自己的臉。

幸好看起來還是很平整，不用擔心皺紋的問題——

「啊……」

因為襯衫靠近臉龐，某種東西就突然鑽進鼻腔。

昨天手穿過這件襯衫的袖子時也感覺到的……新濱同學的氣味。

跟女孩子不同的男性氣味。

這讓我強烈意識到極為理所當然的事——也就是他跟美月同學還有舞同學不同，是男生的朋友。

而這樣的味道又喚醒了我昨天的記憶。

在那張沙發上一起睡了一夜。

還記得把頭靠在他粗獷胸膛上睡覺的感觸。

感覺比女孩子高出許多的體溫，以及跟現在拿在手上的襯衫相同的氣味。一邊感受著這些一邊打盹，在安詳之中醒來的那個早晨。

（～～～～嗚！咦？咦？這……這到底是什麼樣的心情？為什麼我到現在才會覺得那麼害羞呢？）

今天早上跟新濱同學道早安的時候、跟媽媽提到昨天發生什麼事情的時候，都沒感覺到這種宛如從心底深處湧出的羞恥心啊。

但是現在卻……跟新濱同學接觸的各種場景閃過腦袋，讓我的心沸騰到像是要從頭頂冒出蒸氣一樣。

「～～～～嗚！」

心臟就像在暴動一樣發出「怦咚怦咚」的聲音，身體從中心開始發燙。

我對自己的這種狀態感到困惑，同時放開新濱同學的襯衫躺到床上。

在帶著苦悶的心情下，彷彿要把在身體裡點著的透明之火撲滅般在床墊上滾來滾去。

「……呼……呼……呼，最近真的有太多未知的事情了……」

亂滾亂踢了一陣子後，至今為止不曾無法控制自己心意的我，對於這樣經驗發出了呢喃。

最近真的有許多新的體驗。

無法預料的日子、不斷變化的日常。自己雖然未知但感覺像寶石一樣的心情。全都那麼地新奇與珍貴。

自從經常跟新濱同學講話之後，我就一直不斷地改變。

我那簡直就像沿著鋪設好的軌道一樣，沒有任何變化的未來，現在已經變得連明天都無法預測了。

我想著讓我產生這種變化的男孩子。

他的聲音、眼神、臉龐……就像無數的泡泡一樣浮現在我心頭並且破裂。

熱切地想著還想跟他說話、還想跟他見面。

「我真的不太對勁……明明分開還不到一天……」

再次拿起在激昂的感情下放開的襯衫。

藉由這麼做而再次強烈感覺到新濱同學的存在。

「新濱同學……」

光是呢喃著這個名字，就覺得自己的心快要爆炸了。

「好想……立刻跟他見面。」

心裡想著如果新濱同學也有同樣的想法那就太棒了——我在安靜的夜裡，老實地說出自己的心意。

後記

感謝您購買這本《原本陰沉的我要向青春復仇》第三集！雖然對於網路上的原作以極快的速度消耗掉一事感到害怕，但看到集數像這樣增加上去就感到特別高興。

不過我在創作第三集時想到，本作的每一集好像都是由前半與後半兩個部分所構成。而本集的前半是球技大會篇……不知道各位讀者喜不喜歡運動呢？順帶一提，作者在運動方面可以說爛到足以迸發怨念。一輩子都無法原諒小學二年級打躲避球時粉碎我眼鏡的山下同學。

然後……本作已經開始兩項跨媒體製作，身為作者實在是太感謝了。

一項是開始有聲書的販賣，當我寫到這篇後記時，第一集應該已經由ＬｉｓｔｅｎＧｏ公司發售。負責朗讀的聲優是石川由依小姐（演出作品：《進擊的巨人》米卡莎．阿卡曼、《紫羅蘭永恆花園》薇爾莉特．伊芙加登等角色）！

另一項是漫畫化，預定是由はしば老師在月刊Compace上連載！

自己的作品竟然能夠推出有聲書以及漫畫化，光是這些之前沒有過的經驗就讓我感到十分開心。人生真的不知道會發生什麼事情呢。

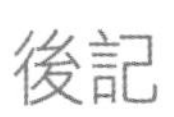

後記

另外，在上一集裡曾經提到過下一集會是暑假篇的開始，本集也確實按照這樣的發展……不過這次可以說只算是暑假的前半戰，後半還有海邊篇。

這本第三集賣得好的話就進入海邊篇→得以實現請たん旦老師幫忙畫泳裝春華（應該也有風見原與筆橋）的野心，只不過第三集要是賣得不好的話，這種主線之外的劇情就有很高的機率遭到割愛（我說真的）。

因此我只能死皮賴臉地拜託大家，請大家購買這本第三集吧（直截了當）。我還想繼續多寫一點，如果大家能夠把它當成對我的支援，我會覺得很開心……！

哎呀，好像變成很現實的話題，不過現在想起來，我能夠在Sneaker文庫推出作品本身就像是在作夢一樣了。

要是對少年時期曾經迷上《涼宮春日的憂鬱》以及《薔薇的瑪利亞》的自己說「你將來也會在同一文庫推出輕小說喲」的話，他不知道會露出什麼樣的表情。

不過我真的覺得應該多研究一些愛情喜劇。從以前就不太接觸純粹（無戰鬥要素）的美少女遊戲以及戀愛喜劇，所以對自己貧乏的底蘊感到愕然。

那麼，按照慣例差不多要獻上我的謝詞了。

Sneaker文庫的責任編輯兄部小姐。真的非常謝謝您。在我交出原稿後，總是熱心地舉出優點來維持我創作的慾望。

擔當插畫家たん旦老師。即使身為作者，這次封面的春華穿體操服的模樣仍然給我很大的衝擊，讓我忍不住跪了下去。

另外也要感謝所有在網路上幫我聲援的各位以及購買這本書的讀者。

…………那麼，因為還有一些版面，我就來寫些私事把它填滿吧。

我買到PS5了喲————！參加抽籤結果落空的次數已經數也數不清，很快就過了兩年！經過下載數個應用程式反覆參加抽籤的日子後，終於買到了喲……！

但就算是這樣，還是很難找到時間玩艾爾登法環啊！想要消費的娛樂堆得像山一樣高，但是沒有時間啊！（哭）

說到時間，網路上好像有許多一天能寫一萬字的人，我真的非常尊敬他們。到底是怎麼回事？寫作速度如此之快，難道是強化人之類的嗎？

我也想要十天就能寫完一本輕小說，過著輕鬆寫意的作家生活……

……好了，既然已經吐露過丟臉的苦水，也差不多該跟大家道別了。

熱切地希望還能在青春復仇第四集見到大家。

那麼我們下集見～

慶野由志

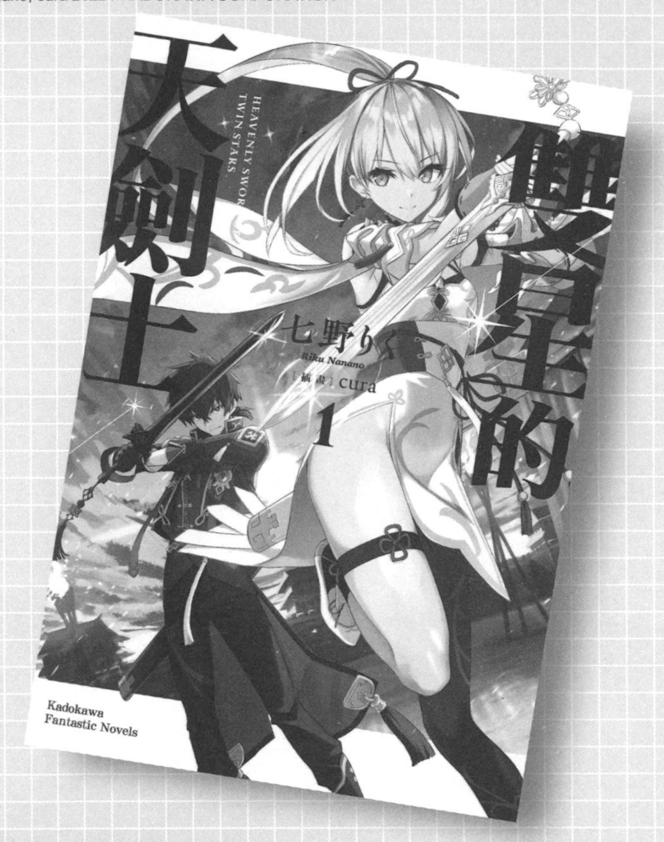

雙星的
天劍士
HEAVENLY SWOR
TWIN STARS
七野りく
Riku Nanano
[插畫] cura
1
Kadokawa
Fantastic Novels

我和班上第二可愛的女生成為朋友 1~2 待續

Kadokawa Fantastic Novels

作者：たかた　插畫：日向あずり

第六屆カクヨム網路小說大賽特別賞第二集。
「朋友以上，戀人未滿」的真樹與海迎接聖誕節！

終於交到朋友的前原真樹想要好好告白，藉此和「班上第二可愛」的朝凪海成為男女朋友。然而接連到來的考試、聖誕派對的幕後工作，以及離婚的雙親——兩人雖然忙碌，還是迎來第一次的假日約會。低調男與第二女主角縮短距離的第二集！

各 **NT$260~270/HK$87~90**

坐我隔壁的前偶像，要是沒我的企畫就無法過日常生活 1 待續

作者：飴月　插畫：美和野らぐ

再也不被「禁止戀愛」所規範的她，此時對此仍一無所悉……

轉學來的前偶像——香澄美瑠一點都不普通。無論怎麼看，她那與日常生活相差十萬八千里，竭力賣弄個人魅力的行徑都相當不尋常。然而為了讓香澄體驗普通的高中生活，我「渾渾噩噩」的日常也產生了變化……這是我與她，交織著青春與再出發的故事——

NT$260/HK$87

在地鐵拯救美少女後默默離去的我，成了舉國知名的英雄。 1 待續

Kadokawa Fantastic Novels

作者：ざっぽん　插畫：やすも

以安穩生活為優先的我，決定隱瞞真實身分到底。
但我絕對會保護妳，當個無名英雄。

一名少女在地鐵險遭隨機殺人魔襲擊。事後在採訪中映出的可愛樣貌，讓她被譽為「千年一遇的美少女」。而她所尋找的救命英雄……不就是我嗎？儘管我不打算自報身分，但想不到在入學的高中又遇見她——雛海！明明應該不記得我，她卻對我莫名親近——

NT$260/HK$87

國家圖書館出版品預行編目資料

原本陰沉的我要向青春復仇 ：和那個天使般的女孩一起Re life / 慶野由志作 ；周庭旭譯. -- 初版. -- 臺北市 ：臺灣角川股份有限公司, 2023.12-

冊； 公分. -- (Kadokawa fantastic novels)

譯自：陰キャだった俺の青春リベンジ：天使すぎるあの娘と歩むReライフ

ISBN 978-626-378-283-9(第3冊：平裝)

861.57　　112017352

Kadokawa
Fantastic
Novels

原本陰沉的我要向青春復仇 3 和那個天使般的女孩一起Re life

（原著名：陰キャだった俺の青春リベンジ3天使すぎるあの娘と歩むReライフ）

2023年12月21日　初版第1刷發行

作　者：慶野由志
插　畫：たん旦
譯　者：周庭旭

發行人：岩崎剛人
總編輯：蔡佩芬
副總編輯：朱哲成
美術設計：宋芳茹
印　務：李明修（主任）、張加恩（主任）、張凱棋

發行所：台灣角川股份有限公司
地　址：104台北市中山區松江路223號3樓
電　話：（02）2515-3000
傳　真：（02）2515-0033
網　址：www.kadokawa.com.tw
劃撥帳戶：台灣角川股份有限公司
劃撥帳號：19487412
法律顧問：有澤法律事務所
製　版：巨茂科技印刷有限公司
ISBN：978-626-378-283-9